待ち人来たるか

占い同心 鬼堂民斎③

風野真知雄

祥伝社文庫

もくじ

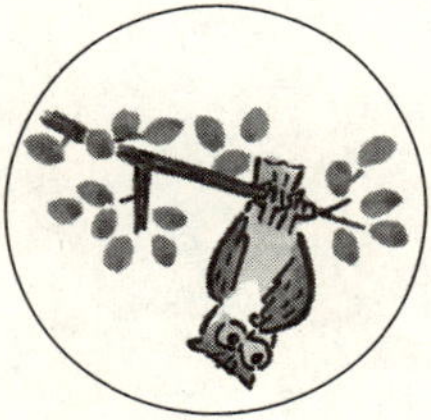

目次イラスト／熊田正男
目次デザイン／かとうみつひこ

隣のおやじそっくり

一

雨が降っている。

こういう日は休みたい。だが、雨の日は意外に相談ごとが多いのである。

——雨で気分がふさがれ、占いに頼りたくなるのだろう。

もちろん悪党だって、雨の日はそれなりに気がふさぐ。占いに引っかかってくる奴《やつ》もいるかもしれない。

かくして南町奉行所隠密同心《みなみまちぶぎょうしょおんみつどうしん》の鬼堂民斎《きどうみんさい》、水嵩《みずかさ》の増えた小名木川《おなぎ》は万年橋《まんねんばし》のたもとに現われた。

大きな男物の蛇《じゃ》の目傘《めがさ》を差し、折《お》り畳《たた》みのできる床几《しょうぎ》に座り、これまた折り畳みができる台の前に座る。

占い同心鬼堂民斎、今日の仕事始めである。

ところが、予想に反し、客は少ない。

雨が降ると、大工、左官、鳶《とび》などの仕事は休みになる。漁も休むことが多い。深川《ふかがわ》はそうした仕事についている者が多いので、人通りは少なく、民斎はずうっとぼんやり景色を見ながら過ごした。

――場所選びに失敗したか。

だが、いまさら移る気にもならない。

夕方になって雨も上がったころ、ようやく客が一人来た。

若い男だが、かなり深刻そうな顔をして、

「うちの息子が、隣に住んでいるおやじそっくりに思えるのです。女房は不貞を働いたのでしょうか？」

と、訊《き》いてきた。

「隣のおやじそっくり……」

それは憂鬱《ゆううつ》な話である。

すぐに女房の不貞を連想する。

だが、気のせいとも限らない。隣に住むうちに似てきたということも……それはないか。

「それで、ほんとにあんたの子かどうか、占って欲しいと？」

「そういうことって占えるんですか？」

「もちろん占えるさ。森羅万象《しんらばんしょう》、ことごとく占えないものはない」

ほんとはそんなこともないが、商売柄《がら》、そう言わざるを得ない。

「へえ」

「あんた、名前は？」

「忠太《ちゅうた》っていいます。忠義の忠です。子どもは孝太《こうた》です。親孝行の孝です」

「仕事は？」

「野菜の棒手振《ぼてふ》りをしています。ほんとは絵師になりたくて、有名な浮世絵の先生のところに弟子入りしたんですが、才能がないと言われて諦《あきら》めたんです。ほんとに才能がないのですかね？」

情けなさそうに訊いた。

「才能のあり無しと、子どものほうと、どっちを訊きたいんだ？」

「あ、いや、子どものほう」

「わかった」

「才能のほうもまた訊きに来るかもしれません」

「それはいいけど、わしは座るところが一定ではないぞ」

「そうなので」

「いま、訊いておかないと、もう二度と会えないかもしれぬ。どうする？」

「じゃあ、やめときますよ。女房は浮気で、おいらは才能もないと言われたら、死にたくなっちまいますから」

「だが、皆、そんなもんで生きてるぞ」

「そんなもの？」

「ああ。たいがいの人間は才能なんか持っておらぬ。女房が浮気してるのも、いまどきは珍しくもねえ。それでも、皆、死にもせず生きてるって言うのさ」

ほんとにそうなのである。民斎は励《はげ》ましたつもりなのだが、

「はあ」

忠太はどうも反応が鈍《にぶ》い。

「子どもの歳《とし》は？」

「二歳（数え歳）です。よちよち歩きしています」

「可愛《かわい》いかい？」

「それはもちろん」

「女房の名は？」

「おやねです」

「父親は屋根職人とか？」

「いや、生まれたとき、ちょうど屋根が見えていたからだそうです」

ちょうど厠《かわや》が見えていたらどうしたのだろう。

「おやねさんはずっと家にいるのかい？」

と、民斎は訊いた。だとしたら、間違いも起こしやすい。といって、外に出て働いていれば大丈夫かというと、それも保証はできない。

「いいえ、おいらの棒手振りの稼ぎだけじゃ食っていけねえので、子どもを背負ったまま、近くのおはぎ屋で働いたりしています」

「隣のおやじってのは？」

「勘五郎《かんごろう》という、四十くらいの男です」

「あんたが見ても、親しくしてるのかい？　なにしてるんだ？」

「お店者《たなもの》だと聞いてます。ただ、泊まり込みが多くて、長屋で寝るのは十日に二日くらいじゃないでしょうか」

いちおう忠太、孝太、おやね、勘五郎の名を紙に書いた。それでぴんと来るものはない。

「八卦《はっけ》でいいか？」

「棒を抜くやつですね」

「そうだ。だが、それで不貞と出たらどうする？」

「どうするっていいますと？」

「女房を叩《たた》き出すか？」

民斎が訊くと、忠太は泣きそうな顔になり、

「いやあ、おやねも孝太もいまは捨てられねえ。でも、いまはそう思っていても、将来はわからないじゃねえですか。人の心は変わるから」

「そうだな」

「そうなったとき、おいらは女房に当たったり、息子につれなくするのかと思うとね」

「女房に訊けばいいんじゃねえのか？　お前、隣のおやじと浮気してねえよなって」

「本当のことを言うかどうかはわかりませんよ」

「まあな」

「だったら、占いでずばっと言ってもらったほうが」

「ううむ」

「お願いします」

「ちと、待て。一日二日よく考えてみるのだ。それで、どんな卦が出ても耐えられる覚悟があるなら、訊きに来い。それまでこの辺に座ってやろう。わしがずばり、真実を教えよう」

「わかりました」

忠太はうなずいた。やはり、知りたい気持ち半分、知りたくない気持ちが半分というところなのだ。占ってくれという者は、皆、そんなところである。

二

忠太が帰って行くのを、民斎は占いの道具を置きっぱなしにして後をつけた。

こういうことは、占うよりも直接探ったほうが、真実は明らかになるのだ。そうして探っておいたあと、占いで当てたみたいに真実を告げる。

的中。あの易者は、凄《すご》い。

そうした噂《うわさ》は伝わり、鬼堂民斎の商売はますます繁盛《はんじょう》するというわけである。

まずは、本当にその息子が、隣のおやじに似ているのか、それを確かめなければならない。

忠太は一町《ちよう》（約一〇九メートル）ほど歩くと、海辺大工町《うみべだいくちよう》の裏に入り、さらに路地をぐって長屋に入った。

「ただいま」

井戸端《いどばた》にいた若い女が振り向き、

「お帰り」

と、言った。おやねだ。明るい表情である。取り立てて美人ではないが、感じは悪くない。

女房のそばにいた男の子が、よちよち歩きで、

「かえりぃ」

たどたどしい言葉でそう言いながら、忠太にしがみついた。この子が孝太。可愛らしいが、確かに顔は忠太には似ていない。

「商い、どうだったい？」

「ああ。ぜんぶ売れた」

と、空《から》になったざる二つを見せた。

「凄いね」

「雨の日ってのは意外によく売れるんだ」

「そんなもんかね」

いかにも幸せそうな若夫婦一家ではないか。

「じゃあ、ご飯にしよう」

三人は家の中に入った。

民斎は、そのまましばらく、路地の前あたりをうろうろしていたが、やがて四十くらいの、いかにもお店者らしい男がやって来た。

——勘五郎だ。

すぐにわかった。

さっきの孝太に顔がそっくりだった。


翌日——。

朝から晴れ上がった。

忠太が商売に出ているあいだ、民斎はおやねを見張ることにした。本当におぎ屋で働いているのか。途中、出会い茶屋で勘五郎と会ったりしているかもしれない。

忠太に見つからないよう、長屋の近くに潜《ひそ》んだ。

まず忠太が出て来た。空のざる二つと天秤棒《てんびん》を持っている。これでやっちゃ場へ行って売るものを仕入れ、得意先にしているあたりを回るのだ。

まもなく、お店者だという勘五郎も出た。

さらにしばらくして、孝太を背負ったおやねも出た。

民斎はおやねの後をつける。いかにも健康そうな足取りである。

新大橋《しんおおはし》に近い町の一角。おやねはちゃんとおはぎ屋に着いた。

孝太を店の隅《すみ》に座らせ、うろうろ遠くに行かないよう、紐《ひも》で縛り、自分はおはぎのあんこづくりを始めた。

この店は、おはぎのほか、稲荷寿司《いなりずし》もつくっているが、そっちは店のおかみさんが担当しているらしい。

民斎はおはぎ屋の近くに座り、適当に客の相手をしながら、おやねの動向を見張った。

昼過ぎまで働いて、おはぎと稲荷寿司をもらって帰って行く。

それを孝太といっしょに食べるのだろう。

途中、隣のおやじがもどって来たりするのか。

だが、こんな長屋で、真っ昼間から？

民斎は、さらに長屋まで後をつけた。

おやねは自分の家の前まで来たが通り過ぎ、勘五郎の家の前で立ち止まった。

なにか考えごとをしているふうである。

おかしな気配を感じ、民斎は物陰に身を隠した。

おやねはあたりを見回した。

それから、すばやく勘五郎の家の戸を開け、中に入った。

——え？

民斎は路地に入り、勘五郎の家の前を歩いた。

中でなにをしているのだろう？　戸は閉まっていて、物音もしない。

長屋の路地を一回り、また通りに出て来ると、ちょうどおやねも出て来た。

なにか盗《と》ったりしたのかとも思ったが、おはぎと稲荷寿司のほかには手になにも持っていない。

——やっぱり、なにかあるのかもしれない。

民斎はますます真実を知りたくなった。

三

夕方、忠太が棒手振りの商いからもどる前に、奉行所のほうに顔を出すことにした。

本当はあまり行きたくない。

上役の平田源三郎《ひらたげんざぶろう》と会うかもしれない。というより、直属の上役だから、会わなければならない。

平田に襲撃されたのは三日前である。

子分の同心である犬塚《いぬづか》、猿田《さるた》、雉岡《きじおか》のほか、平田家の中間《ちゅうげん》まで連れて、八丁堀《はっちょうぼり》の鬼堂家に攻めて来た。狙いはおそらく水晶玉。あるいは、順斎《じゅんさい》のもとにある、役に立ちそうなものなら、なんでも持って行こうという魂胆《こんたん》だったのではないか。

なにせ平田は馬鹿だから、鬼道《きどう》を理解するより先に、モノを一通り揃《そろ》えたがるのだろう。

もちろん、民斎は祖父の順斎とともに戦って、見事、撃退していた。

一昨日も民斎は奉行所に行ったが、幸い平田は本郷《ほんごう》のほうで捕物騒ぎがあって、そっちに出ていた。

だが、今日は――。

同心部屋に入ると、平田がいた。犬塚も猿田も雉岡もいた。この三人は怪我《けが》がひどかったはずだが、無理して出て来ているのだろう。この四人だけで、ほかの同心は皆、出かけている。

四人は民斎を見ると、いかにもつくった笑顔で、

「よう」

と、手を上げた。

「………」

民斎は馬鹿馬鹿しくて相手をする気にもなれない。

「民斎、怒ってるか?」

と、平田が臭《くさ》い息を吐《は》きながら、顔色を窺《うかが》うように訊いた。

「三日前は、わざわざ訪ねて来てくれてありがとうございました、とでも言ってもらいたいのですか?」

「そこまでは期待しないさ」

「下手《へた》すりゃ殺すつもりだったんでしょうが」

「いや、そこまでにはならないと思っていた」

「かんたんに降参するとでも思ってたんですか？」

「そりゃそうさ」

「冗談じゃない。ほんとなら、襲撃したいのはこっちのほうです。うちの先祖から奪ったものは、返してもらいますからね」

と、民斎は睨《にら》みつけるように言った。

「それは無理だな、民斎」

「なんでですか？」

「お前の先祖はおれの先祖に降参したんだ。以後、家来になると、はっきり文書まで残しているぞ」

平田がそう言うと、犬塚、猿田、雉岡もいっせいにうなずいた。きびだんごときで家来になった奴らと、いっしょにして欲しくない。

もっとも、きびだんごは喩《たと》えのようなもので、要は禄米《ろくまい》みたいなものをもらうようになったということだろう。

まったく、我が先祖はつくづくくだらぬ連中に負けてしまったものだ。まだ、金太郎に投げられた熊が先祖だったほうがましである。

「平田さん、世に下剋上《げこくじょう》ってものがあることはお忘れですか？」

「なに」

「次は鬼たちの逆襲の番かもしれないと言ってるのですよ」

民斎の台詞《せりふ》に、平田たちは一瞬、怯《おび》えの表情を見せた。

四

次の日の朝。

民斎はもう一日、おやねを見張るつもりだった。やっぱりなにかありそうなのだ。

昨日同様、忠太が家を出たあと、勘五郎が出ていった。昨日今日が十日に二日ほど泊まる日だったらしい。

すると、その勘五郎のすぐ後を、孝太を背負ったおやねが追い始めたではないか。

——え？

おやねはなにをするつもりなのか。

勘五郎は長屋を出ると、どんどん南に歩いた。

永代橋《えいたいばし》を渡った。

霊岸島《れいがんじま》を通り抜け、小網町《こあみちょう》へ差しかかる。

——ずいぶん遠くまで通ってるんだな。

と、民斎は呆《あき》れた。

江戸橋《えどばし》を過ぎ、日本橋《にほんばし》を渡った。

ようやく勘五郎は、通《とおり》二丁目にある間口四間《けん》（約七・二メートル）ほどの小間物屋に入った。日本橋通二丁目の店に、あんな遠くの深川から通うだろうか。

茅場町《かやばちょう》や小網町あたりにも、いくらだって長屋はあるのだ。

おやねはというと、店の前までは行かず、すこし手前で立ち止まり、遠くからようすを窺うようにしていた。

やがて、おやねは怪訝《けげん》そうな顔をして引き返して行くようだった。これから急いでもどって、おはぎ屋の仕事をするのだろう。

民斎は、おやねの後ろ姿を見送ると、その小間物屋の前に来た。〈栄寿堂《えいじゅどう》〉と看板が出ている。中には、女物の櫛《くし》やかんざしがずらりと並んでいる。小間物でも櫛とかんざしを中心にした店らしい。

民斎はこういう店には入りにくいが、仕方がない。

しらばくれて中を見ると、勘五郎は店の奥のほうにいた。古株で、たぶん番頭なのだろう。

「なにか、お目当てでも？」

と、若い手代に声をかけられた。たぶん、怪《あや》しい客が来たと思っているのだ。

「うん、まあな」

「かんざしですか？」

「妾《めかけ》にねだられてな」

もちろん冗談である。そんな甲斐性《かいしよう》はない。

「さようですか」

と言いながら、明らかに、

「お前がかよ」

という顔をした。

「金遣《かねづか》いの悪い女でな」

「そりゃあ、いまどきのは」

「かんざしなんかもう二千本くらい持ってんだ」

「へえ」

「それでもまだ見たことないかんざしが欲しいって」

「二千本もあれば、見たことのないのはなかなかないでしょう。ま、探してみてください」

手代は呆れたような顔でほかの客のほうに近づいていった。

「旦那さま」

という声がした。

ほかの手代が呼んだらしい。

「なんだね」

民斎は驚いて、奥にいる勘五郎を見た。

返事をしたのは、なんと勘五郎ではないか。

──旦那さま？

間違いない。勘五郎は、手代がなにか訊いているのに、帳簿を示しながら答えている。

お店者どころか、この店のあるじなのだ。

間口四間くらいとはいえ、通二丁目の店である。深川あたりの大店とは格が違う。そのあるじが、なんであんな遠くの、長屋に住んでいるのか。

さっきの手代のところに行き、

「この店は古いのかい？」

と、訊いた。

「はい。創業三百年を超えてます」

手代は胸を張った。

「じゃあ、旦那も七、八代目になるんじゃないの？」

「いまの旦那は九代目です」

「名前は？」

「代々、勘五郎を名乗ってますが」

ほんとの名前で長屋住まいをしているのだ。

「旦那の住まいはここだよな？」

住まいのことを訊くと、手代はふいに民斎を怪しそうに見て、

「旦那さま」

と、勘五郎を呼んだ。

「いや、いいんだ。ちょっと訊いただけだよ」

民斎は慌《あわ》てて外へ出て、人の流れにまぎれ込んだ。

五

民斎は大通りをしばらく歩くと、横道に入り、もう一度、栄寿堂の裏手のほうへ引き返した。

このあたりの店は、たいがい縦《たて》に長いつくりになっている。店を通り抜けると、そこが住まいで、さらに奥に進むと庭があったり、蔵があったりする。塀《へい》をはさんで、そこはもう裏通りになる。

民斎はその裏通りにやって来て、塀の向こうをのぞこうとした。

だが、塀が高くて中は窺えない。ただ、塀の近くに蔵があるのは見えた。いかにも老舗《しにせ》らしい、大きくてどっしりした蔵である。

こういう店の旦那というのは、だいたいやることは決まっている。

ケチだから吉原《よしわら》などにはいかない。

そのかわり、店の下働きの女に手をつけたりする。

おやねもかつてはここで働いていたに違いない。

そして、手をつけたはいいが、どうも子ができたらしい。それは旦那も困る。

「お前、誰か亭主にできそうな、間抜けな男の知り合いはないのかい？」

「います。忠太と言って、才能もないくせに絵師に憧れている男が」

「だったら、そいつと所帯をお持ち。生活に苦しい分は、あたしが陰ながら助けてやるよ。それで、うちの奴をなんとかして追い出したら、お前を正式の妻として迎え入れるからさ」

「そんな口ばっかり」

「嘘《うそ》だと思うなら、あたしはお前の住むところの近所にいようじゃないか」

……大方、そんなところのような気がした。

裏通りで、ほとんど店はないが、うどん屋が開いていた。朝飯は食べたので腹は減っていないが、中に入った。

しっぽくうどんを頼み、ひまそうにしているあるじに、

「そこは、栄寿堂さんの裏だよな？」

と、訊いた。

「ああ、そうですよ」

「旦那は元気かな。以前、何度か釣りをやったことがあるんだ」

適当なカマをかけた。

「あの旦那が釣りを？　釣りなんかしたかな。商い一筋かと思ったよ」

「いや、付き合いでやっただけみたいだ。真面目《まじめ》な人だよな」

「真面目だよ」

「家族も大事にするしな」

「そうだよ。また、おかみさんがよくできてるから、あそこは」

「そうだな。女遊びの心配なんかないのかな」

「女遊びなんかするかよ。旦那より十いくつも若くて、あんなきれいなおかみさんがいたら」

「まったくだ」

「息子も二人、すくすく育って、将来の心配もねえ」

「いい息子だ」

適当に相槌《あいづち》は打ったが、疑問はさらにふくらんだ。

なぜそんな男の理想のような暮らしをしながら、あんな遠くの、貧しげな長屋に寝起きしなければならないのか。

だが、人間というのはわからないのだ。

なに一つ欠点がないというのは、じつはつまらないことで、なにか欠けたようなところが自分にとって居心地《いごこち》のいい場所だったりする。

あの旦那の心にぴたっとするのは、十いくつも若くて、きれいな嫁ではなく、貧しい長屋でひっそりと暮らす、目立たない人妻なのかもしれないではないか。

――だが、おやねはどうして、あんなふうに後をつけて来たりしたのだろう？

たぶん、別れると言いながら、なかなか別れない勘五郎に業《ごう》を煮《に》やし、いったいどうなっているのと、店まで後をつけて来たのではないか。しかし、跡継ぎ息子が二人もできているのでは、別れるのを期待するのは無理だろう。

勘定《かんじょう》を済ませ、立ち上がろうとしたとき、おやじが、

「もっとも、あの旦那も、押し込みに遭《あ》うまでは、けっこうちゃらちゃらしていたらしいけどね」

と、意外な話を口にした。

「押し込み？」

「ああ。下手人は捕まったけど、何人か亡くなってるんだ」

「いつのことだい？」

「まだ、あの旦那が若いころだよ。二十年も前になるかね」

「そんなことがあったのか」

ますます話はわからなくなってきた。

六

二十年前の栄寿堂の押し込みを調べるため、民斎は奉行所に向かった。

例繰方《れいくりかた》に顔を出し、古い書類を見せてもらう。北か南、どっちが担当したかはわからないが、北の分の写しもこっちに置いてある。

ざっと二十年前の書類を調べるのは大変である。

どうでもいいような事件の記録も多い。こういうものは、押し込みとか付け火、殺しなどに分類して、保存したほうがいいのではないか。

だが、四半刻《しはんとき》（約三〇分）ほどで、その栄寿堂の押し込みの件はわかった。

二十一年前。

栄寿堂に四人組の押し込みが入った。事件当夜、店にいたのは旦那と住み込みの小僧が二人、それに飯炊《めした》き女だった。

手向かった当時の旦那と、秘密を知っていたらしい住み込みの小僧が一人殺され、残りの二人は命だけは助かった。

だが、押し込みの一味は殺したあともすぐには逃げずにもたもたし、結局、駆けつけた町方に捕縛され、四人組がまず処刑された。

もう一人、ひと月後に処刑されたのは、おつるという通いの飯炊き女だった。女は帰るとき、そっと裏口の閂《かんぬき》を外《はず》しておいたというのである。

それをここの生き残ったほうの小僧が見ていたのだった。

「へえ、こんなことがあったのかよ」

民斎がつぶやいたとき、

「よう、民斎」

後ろで平田源三郎の声がし、ひどい口臭が漂《ただよ》った。

思わず、振り向きざま、刀に手をかけた。

「おい、よせよ。ここは奉行所だぞ」

平田が慌てて言った。

「おれもあの後、いろいろ考えたんだよ」

「なにを考えたんですか？」

考えないほうがいいのだ。平田が考えると、ますます訳がわからなくなるに決まっている。

「どうも、波乗《なみのり》一族はおれのほうにも目をつけて来ているらしい」

「それはそうでしょうよ。鬼堂家の宝のほとんどはあんたの先祖に奪われているんだから」

「馬鹿。あいつらだって、いまさら昔奪われた金銀珊瑚《さんご》なんざ取り戻そうとは思っちゃいねえよ。だいたいが、そんなものは三百年も経《た》つうち、ほとんど無くなっちまった」

「ほんとですか?」

民斎は疑いの目を向けた。平田は蓄財もうまい。おそらく相当な財産を隠し持っているような気がする。

「そりゃあ、少しはあるけどな」

「やっぱり」

「でも、あいつらが欲しがっているのは、そんな財宝じゃねえ。鬼道の中身と、鬼占いの才を持つおめえなんだ。おめえがいないと、おそらく鬼道だって、本当の力を発揮することはできねえんだ」

「そんなことは知りませんよ」

「おれも、うちにある文献の類《たぐ》いはいろいろ読んでみた。だが、水晶玉と、おめえの力がないと、肝心なところはわからねえんだ」

「なんで平田さまが知る必要があるんですか。他人の家の秘密ですよ」

「それは、いまさら言っても無駄《むだ》だろう。すでにお前の一族は降伏し、おれの家来になったんだから」

「…………」

そんな理不尽な話が通るものだろうか。

「それでな、おめえは下剋上なんてことを言っていたが、共闘の道もあるよなと思ったのさ」

「共闘？」

「ああ。波乗一族は薩摩《さつま》と結託してるんだぞ」

「…………」

こいつもけっこう裏のことまで知っているらしい。

「だったら、とりあえず、ここはともに戦い、鬼道の極意を守り抜くのも良策じゃねえかと思ったのさ」

「どうですかね」

まったくそんなことは思わない。下手《へた》したら、水晶玉もなにもかも平田に取られ、自分はこいつ専属の易者で一生を終えるかもしれない。

民斎が不満を露《あら》わにしていると、

「まあ、いまはなにを言っても無駄だろう。怒りがほぐれない限りはな。だが、考えといてくれ」

平田は気安い調子で民斎の肩を叩き、外へ出て行った。

七

もう一度、深川の忠太の長屋に行くつもりである。

かつて栄寿堂に入った押し込みの件と、孝太と勘五郎がそっくりな件は、関わりがあるのだろうか。それを知るには、直接おやねに訊いたほうがいいのかもしれない。

南町奉行所を出て三十間堀《さんじっけんぼり》に出ると、亀吉姐《かめきちねえ》さんとばったり会った。

しかも、母親のおみずといっしょである。

「あら」

「まあ」

亀吉のほうは一瞬、羞恥《しゅうち》を露わにし、すぐにそれを隠して、ちょっと怒ったような顔になった。このあいだの夜のことを思い出したのだ。

せっかく帯を解《ほど》いてくれたところに、なんと失踪していた妻のお壺《つぼ》が現われた。まったく、なんとも間の悪いことだった。

あれ以来、長屋の路地でも顔を合わせていない。たぶん、亀吉のほうで会わないようにしていたのだろう。

おみずのほうは、たぶんそんなことは知らない。あいかわらず、色気がとぐろを巻いてぱちぱち火花を散らしている。

「やあ、お二人さん。今日は晴れてよかったですな」

民斎も、我ながらもう少し気の利《き》いたことは言えないものかと思う。

「民斎さん、今晩あたりお店に来て」

おみずがしなをつくりながら言った。

「いや、ここんとこ、難しい相談を受けてましてな。それどころではないんですよ。人の運命に関わることですから」

「そんなもの、ちゃちゃっと済ませちゃいなさいよ。どうせ、運命なんか適当なものなんだから」

「運命が適当？」

それだったら、鬼道は崩壊する。鬼道はおそらく、運命を測る学問なのだ。

「この子の父親はそう言ってたわよ。世の中のすべてのできごとは確率に支配され、それを決めるのは偶然だって」

おみずの夫は学問をする人だと言っていた。なんの学問かはわからない。

「そんな馬鹿な」

「じゃあね」

おみずは明るく、亀吉はつんと澄まして、すれ違って行った。

民斎はしばらく歩きながら、おみずと亀吉は性格こそ違うが、顔はよく似ているよな——と、思った。

すると、突然、閃《ひらめ》いた。

「あ、そうか」

民斎は深川の忠太の長屋へ行く前に、栄寿堂の飯炊き女をしていたおつるが住んでいた住まいに向かった。そこは、奉行所の書類に残っていて、民斎は記憶していた。

音羽町《おとわちょう》裏、千兵衛《せんべえ》長屋。

千兵衛が煎餅《せんべい》を想像させたので忘れなかったのだ。

その大家はもう七十近かったが、当時のことをよく覚えていた。

「ええ、おつるちゃん」

「押し込みを手伝ったというので、処刑されちまったんだろ？」

「はい。ですが、あたしはいまだに信じられないんです」

「そりゃそうさ」

と、民斎はうなずいた。

「旦那もそう思うので？」

「ああ、おつるには子どもがいたんだろう？」

「はい」

「名はおやね」

「そうです」

「父親は、あそこの若旦那の勘五郎だろう」

「それは、なんとも」

大家は口を濁した。

それで、民斎は身分を明かすことにした。そうしないと、この大家は口を割りそうにない。

「おいら、じつはこれなんだ」

奉行の名が入った鑑札《かんさつ》を見せた。南町奉行所同心・鬼堂民斎。

「そうだったので」

「それでもう一度訊くが、おやねの父親は勘五郎だろう？」

「そうです」

おやねが生まれたとき、ちょうど屋根を見ていたのは勘五郎だったのだ。

「あの押し込みがあった晩だが……」

と、民斎は推測を語った。

おつるは、いつも仕事が終わったあと、いったん裏口の閂を外してから帰っていた。若旦那に会いに来るためである。

それを知っていた小僧が欲を出して、押し込みをした連中に、そのことを教えたのである。そして、じっさいに押し込みは行なわれ、教えた小僧は分け前にありつくどころか、口をふさがれ、殺された。

　ところが、あとでいろいろ調べられたとき、おつるが閂を外していたことを、もう一人の小僧が告げたため、一転、おつるは疑われた。

「ここまではどうだい？」

「はい。あたしもお裁きの場にいたわけではありませんが、そういうことだったようです」

「若旦那は弁解してやるべきだったが、しなかった。それはなぜだい？」

「どこかでおつるちゃんを疑っていたんでしょう」

「そうだよな」

「若旦那は、おつるが本気で自分を嫁になんかしてくれるわけがない。だったら、押し込みでもなんでもさせてお金を取ってやればいい——そんなふうに考えていると疑ったんでしょうね」

「だが、おつるが処刑されたあと、いろいろ理詰めに考えていけば、手引きしたのは殺された小僧だったと気がつくわな」

「ええ。若旦那もそう思ったみたいです」

「それでおやねはどうなった？」

「もともとまだ二つだったおやねのことは、おつるちゃんとも話してあたしどもが育てることになっていました。ですが、若旦那も助けてくれました」

「おやねには勘五郎のことを話したのかい？」

「いや、それは」

「篤志《とくし》家のようなふりをしたのか？」

「はい。でも、おやねが大事に育ててもらえるようにと、お金も届けてくれていましたし、いつも近くで見守っていらっしゃいました」

「おやねが所帯を持つときは？」

「内心、反対だったでしょうが、とくになにもおっしゃいませんでした」

「言いたくても後ろめたいしな」

　そして、おやねが頼りない忠太と所帯を持ったあとは、心配で同じ長屋に引っ越し、自分の孫が生まれて、なんとか幸せにやっているのを見守りつづけているのだ。

「あたしも、直接、勘五郎さんから真実を打ち明けられたわけではありません。ただ、いろいろ事実を突き合わせてみると、いま、同心さまがおっしゃったような結論にたどり着いたのです」

「いまの女房は知ってるのかな」

「たぶん、すべて打ち明けていると思いますよ。話を聞いて、おやねちゃんを可哀《かわい》そうに思い、十日に二日くらいなら近くにいてあげてもいいというところじゃないでしょうか」

「でも、おやねは気づき始めたぜ」

「え？」

「だって、自分の産んだ子が、隣のおやじそっくりなんだぜ。さぞや、気味が悪かっただろうな。このおやじ、何者だと、長屋を探ったりしてもわからない。それでとうとう勘五郎の後をつけたんだ。通二丁目の老舗のあるじだってあたりまでは知ったんじゃねえかな」

「そうですか」

大家は眉根《まゆね》に皺《しわ》を寄せた。

「たぶん、おやねはあんたのところに来るんじゃないかな」

なんと言っても、この大家がおやねの育ての親なのだ。

「どうしましょう？」

「訊かれたら言うしかないだろう。あんたの推測を」

「そうですよね」

たぶん、それで悪い結果にはならない。

むしろ、勘五郎もうこそこそしたりせず、堂々と自分にそっくりの孫を可愛がることができる。

いまの家もそれでごたごたが起きるといったことは考えられない。


この日——。

民斎は万年橋のたもとで忠太が来るのを待った。

夕方、ざるを空にした忠太がやって来た。

「お、忠太」

もちろん、あの意外な話をしたくてたまらない。そんな真実を明らかにする八卦の妻さは、たちまちこのあたりに広まることだろう。

だが、忠太は、

「易者さん。おいらは、やっぱりいいや」

と、意外なことを言った。

「いいとは？」

「悪い結果が出て、いまの家をぶち壊すなんてことはしたくねえ」

「悪い結果が出るとは限らないぞ」

「いやあ、八卦だもの、どう出るかはわからねえさ」

「そりゃあ、まあな」

「だいたいが、この世のことをすっきりさせようなんて思うこと自体が、間違いなのかもしれねえ」

「え？」

「この世のあらゆることってのは、よくわからないものを孕《はら》んでいるような気がするんだ。白か黒かというように、かんたんなものじゃねえ。そんなことをはっきりさせようとすることより、おいらにとって大事なのは、いまの家族を守っていくってことだ」

「はあ」

「だから、いいよ」

「そりゃあ、たいした悟りだが、ほんとにいいのか？」

民斎はどうしても伝えたい。

あの意外な真実を。

似ているのは当然なのだ。おやねは勘五郎のじつの娘なのだから。隣のおやじは孝太のじつの祖父なのだから。

だが、忠太はやけにさっぱりした、これから家族を背負っていく覚悟に充《み》ちた表情で、

「金にならずにすまなかった」

と詫《わ》びると、決然とした足取りで去って行ったのだった。

そっくりの災い

一

この日——。

南町奉行所隠密同心《おんみつどうしん》の鬼堂民斎は、深川に来ていた。

仙台堀《せんだいぼり》が大川《おおかわ》に出るところ。

そこに架《か》かった上之橋《かみのはし》のたもとに座っている。

すぐわきは、仙台堀の名前の由来となった、仙台藩の蔵屋敷がある。

堀の向こう側が深川佐賀町《さがちょう》。遊興地に近く、船宿だの、芸者の家だの、長唄の師匠の家だのが並んで、どことなく色っぽい。

ここはまた、大川の中洲《なかす》や霊岸島などが眺《なが》められ、じつに景色がいい。

川端《かわばた》の柳の木陰《こかげ》に入れば、六月（旧暦）の夏の日差しもなんのその。

人の運命はそっちのけにして、今日はのんびり景色を見ていたい。

しかし、民斎のささやかな願いは、早くも破られようとしていた。

目の前を、四十くらいの男が通り過ぎ、すこし行ったところで、ぴたりと足を止めた。

――いいから相談なんぞしないでくれ。

内心、そう思った。

だが、男はのそのそと引き返して来て、

「そっくりな男っているんだよな」

と、言った。

「わしにか？」

民斎は、つい訊《き》き返した。

こんないい男にそっくりな奴《やつ》などそうはいない。

こんなについておらず、ろくでもない事態に巻き込まれる男も滅多《めった》にいない。

「いや、違う。おいらにだよ」

生真面目《きまじめ》そうな四十男は、自分を指差した。

「ふうん。それがどうした？」

民斎は気が乗らない。

ついこのあいだも、そっくり関連の謎を解決したばかりである。

子どもが隣のおやじにそっくり、という謎だった。

そもそもが、そっくりということには、贋者《にせもの》がからみやすく、悪事がつきまといやすい事態なのだ。

どうせ悪事に出遭《であ》うなら、この前のとは思いっきり違うのがいい。謎の大名屋敷五十人皆殺し事件とか。

「いやね、おいらはこの先の深川海辺大工町代地《だいち》に住んでいるんだが、つい最近、おいらにそっくりの男が近所に引っ越して来たんだよ」

男はそう言って、民斎のわきに腰を下ろした。

前ではなく、わきに腰かけたということは、客にはならないけど、ちっとおしゃべりしようという心づもりなのである。

「それがどうした？」

民斎は冷たい口調で訊いた。生き別れになっていたおやじが、地元が懐《なつ》かしくてもどって来たとかいうのか。

「そのそっくりの男が、何者かに襲われ、危うく大怪我《おおけが》するところだったらしいんだ」

「ほう」

「一度目は、この堀沿いを歩いていて、いきなり物干し竿《さお》みたいなやつで突《つ》つかれ、堀に落ちそうになったんだと」

「この堀にな」

と、民斎は堀を眺めた。

ちゃぷちゃぷと、眠気を誘うような音を立てている。

「いまは泳いでも気持ちよさそうだが、雨の後の引き潮どきなんざ、そこらで渦《うず》巻いてたりするんだぜ」

「怖《こわ》いな」

「怖いさ。そこへ突き落とそうとしたんだから、とんでもねえ」

「ああ」

「二度目は」

「二度目があるのか？」

「三度目まであるんだよ。まあ、聞きな。二度目は町木戸の上にこれっくらいの石が載《の》ってて、おいらとそっくりの男が通ったら、いきなり落ちてきたらしいんだ」

「石がな」

男が示したのは沢庵《たくあん》石ほどもある大きさである。

当たれば大怪我間違いなしだろう。

「それで三度目は、ついに刃物が出た。ちょうどこのあたりを通ると、どこかから短刀が飛んで来て、そいつの顔をかすめ、地面に突き刺さったそうだ」

「危機一髪じゃないか」

「そうだよ。そいつは明らかに命を狙《ねら》われているんだ。そして、おいらはそいつにそっくりで、しかもおいらだって夜中にしょっちゅうここらを通る。間違えられたって、なんの不思議もねえ」

ここから海辺大工町代地までは二町（約二一八メートル）ほどの距離。堀に架かる橋が少ないので、深川のほうから来れば、どうしてもここを通るのだ。

「たしかにそんなにそっくりだったら、危ないだろうな」

と、民斎は言った。

「引っ越したほうがいいって言うんだよ、友だちは」

「なるほど」

「だが、おいらはぜってえ引っ越したくねえ」

「ふうむ」

「殺されたりしちまうのかな」

不安げに言った。

「だが、引っ越すくらいなら、殺されたほうがましなんだろう？」

と、民斎は訊いた。

「そんなこと言ってねえだろうよ」

「殺されるくらいなら引っ越すか？」

「そりゃあ、まあな」

「占って欲しいのか？」

「いや、金払ってまで占ってもらいたくねえよ」

けちな男である。

「易者に金払うくらいなら、殺されたほうがましか？」

と、民斎はさらに訊いた。

「そこまでは言ってねえよ」

「おい」

と、民斎は前の席を指差した。

「わかったよ。ちゃんと見料《けんりよう》を払えばいいんだろ」

男は前に座った。

まったく手間のかかる男である。

二

「名前は？」

今度は客として訊いた。

「寅吉《とらきち》ってんだ」

「仕事はなにしてる？」

「大工だよ。これでも腕はいいと言われてるんだ」

「そっくりだという男の名は？」

「知らねえよ」

寅吉は首を横に振った。

「名前も知らないのに、狙われているのは知っているのか？」

「長屋じゃこの話でもちきりだからな」

「話したことはねえのか？」

「ああ」

「話すほうが先なんじゃねえか？」

「なに話すんだ？」

「だから、なんで狙われてるかを訊くんだよ。そいつにも心当たりはあるだろうよ」

「たぶんな」

「それに下手《へた》すりゃ殺されるんだから、町方にだって相談してるだろう」

「だよな」

「そこらがはっきりしてから占ったほうがいいな」

それじゃあ占いではなくて、人生相談だろうという声もありそうだが、正確は期したほうがいい。

これが町の適当な易者なら、筮竹《ぜいちく》を引かせて「ぜったい引っ越すべきだ。ぐずぐずしてると、かならず刺されて死ぬことになる。すぐ逃げろ」と、忠告する。

そうやって、なにも起きないようにしておけば、客の無事は確保できるし、易者の責任も全《まっと》うできる。

逃がさないでおいて、刺された日には、易者のせいにされかねない。

「わかった。じゃあ、訊いてみるよ」

寅吉は素直にうなずいた。

翌日――。

これから仕事に向かうところらしい寅吉が立ち寄ったので、

「どうだった？」

と、訊いた。

「話したさ。けど、なにもはっきりしねえんだ」

「名前は訊いたか？」

「歌二《うたじ》って言うんだ。鍛冶屋《かじや》だそうだ」

「じっくり見ても似てたか？」

「似てるね。似てると思いたくないけど」

だいたい、そんなものだろう。自分と似ている男と会って、めでたさに祝い合ったなどという話は聞いたことがない。

歳《とし》も同じくらいのようだ。

「双子だの三つ子だのってことはないよな？」

これがいちばんわかりやすく、安易な想像である。戯作《げさく》の筋書きがそれだったら、怒って作者をなじることだろう。

「聞いたことないね。親からも、五つ違いの姉からも」

「それで、狙われてる理由は聞けたか？」

「わからねえんだと」

「まったく見当がつかぬのか？」

「ああ」

「町方には相談したんだろうな？」

「してねえとさ」

「殺されるかもしれないのに？」

「町方に頼るのは嫌《いや》らしいぜ」

「ふうん。なんでここらに越して来たか、訊いたか？」

「おめえに言う必要はねえとさ」

ますますなにかある。

三

本当に似ているのか。

民斎は自分の目でたしかめてみることにした。

歌二が越してきたのは、寅吉の長屋の奥にある別棟の長屋で、いちばん奥の家だという。

向こうにも突き抜けられるので、逆から入れば、いちばん手前の家である。

そのあたりをうろうろするうち、当の歌二が外に出て来た。

——ほんとだ。よく似てるなあ。

一目でそう思った。

——やっぱり双子なんじゃないか。

とも思った。

それくらいよく似ている。

永代橋のほうへ行くのを、すこしだけ後を尾《つ》けた。

よくよく見ると、肩の恰好《かっこう》とか、歩き方とかは違う。やっぱり双子とかではなさそうである。

だが、正面から顔だけ見ている分には、ほとんど区別がつかない。

そんな奴が近所に引っ越して来たのは、ほんとに偶然なのだろうか。

民斎は、上之橋のたもとにもどって、木の下に座っていろいろ考えた。

歌二は、三度も襲われながら、怪我らしい怪我をまったくしていない。

それはたまたまなのか？

あるいは狂言ということも考えられる。

狂言なら、目的はすぐ思いつく。

そっくりの寅吉に、間違えられて殺されるのではと思い込ませ、長屋から出て行かせるのが狙い。

なんでそんなことをするかというと、寅吉が住む家に前に住んでいた男が、床下に押し込みで奪った千両箱を隠しているから。

だが、これはいかにも安易な想像だろう。

そのためにわざわざそっくりの男を探したりしなくても、隣に住んで、いちゃもんつけて出ていかせるほうがかんたんである。

しかも、何度も殺されそうになっていたら、当然、町方だって関わってくる。

そんなことをしていたら、ますます目的は遠ざかってしまう。

やはり、歌二は本当に狙われているのだろう。

結局、これぞという解決の糸口には思い至らず、今日は早めに引き上げることにした。

奉行所に行く前に、八丁堀の役宅に寄った。

頭の上で、

「ほっほう」

という鳴き声がした。ふくろうの福一郎《ふくいちろう》が「お帰り」を言ってくれたのだ。

見上げると、けやきの木の上のほうに影が見えた。

これで、奉行所に行き、木挽町《こびきちょう》の長屋にもどると、そっちでも「お帰り」と鳴いてくれるのである。

——なんてかわいい奴なんだ。

ふくろうのかわいさが世に知られてしまったら、犬や猫の地位も危うくなるのではないか。

家に入ると、中間《ちゅうげん》のごん太《た》が、晩飯をこさえているところだった。

「あ、民斎さま」

「なんでえ？」

「さっき、お壺さまがお見えになりまして」

「えっ、また？　なにしに？」

「亡くなった寛斎《かんさい》さまの位牌《いはい》に詫《わ》びておられるようでした」

「ふうん」

おやじの寛斎が先に亡くなり、そのあとすぐお壺が失踪して、二年近くになる。

お壺の手引きだったのではないかと、疑いを持ったこともある。だが、こうして突然顔を出したということは、そこまではしなかったのかもしれない。

「下にも寄ったのか？」

地下は祖父の順斎の住まいになっている。

「もちろんです」

「じゃあ、おいらも行ってみるか」

もしかしたら、まだいるかもしれないと思ったら、どきどきしてきた。

しかし、お壺の奴もなにを考えているのだろう。

この前の夜など、亀吉姐さんの竜宮城まであと一歩のところに姿を現わした。

そして波乗一族の追っ手の話をしたかと思うと、別れぎわに、

「わたしの心はいまだにお前さまのもの」

とか、大仰《おおぎょう》なことを言っていた。

だが、何年も姿を消しておいて、いまさらそんなことを言われても、民斎としては微妙なところである。

床《とこ》の間の床《ゆか》を上げ、階段を下りた。

祖父の順斎はなにやら絵を描いているところだった。

「あ、民斎。いきなり来るな」

「いきなりと言うほどじゃないでしょう。絵を描いていたみたいですね」

「うん、まあな」

やけに慌《あわ》てて隠した。

「見せてくださいよ」

「駄目《だめ》だ。これはわしの健康法だから、人に見せるようなものではない」

くしゃくしゃに丸めて捨てようとする。

ところがなまじ丸めたものだから、手が滑《すべ》ってこっちに転《ころ》がった。

すばやく拾った。

「見ちゃおう」

「あっ」

手を伸ばしてくるより先に、ぱっと広げた。

「これは……」

お壺を描いた絵だった。

しかも、裸にしてある。乳房も、足の付け根の林も描いていた。

「いや、それは、ほんとに見たわけではないぞ」

皺《しわ》と、すすけた肌の色でよくわからないが、赤面しているらしい。

「でも、ここに来てたんでしょ？」

「来ていたが、ちゃんと着物を着ておったさ」

「どうかなあ」

と、民斎は祖父を横目で見た。

じつは、わかっている。順斎は絵心があるので、顔はそっくりだが、乳房のかたちも林の繁茂具合もまったく似ていなかった。

順斎は、九十を過ぎてなお、孫の嫁に助平な妄想を働かせていた。

「馬鹿、邪推《じゃすい》はよせ」

「そうですよね。爺《じい》ちゃんにそんな力が残ってるわけないですもんね」

民斎にそう言われると、ムッとしたようだった。

「お壺はなにしに？」

「詫びたいと言ってきたのさ、わしらや寛斎の霊にも。それと不自由な思いをさせていると」

「ふうん」

「わしは、ここにもどれと言ったのさ。もちろんお前のためにだぞ」

「お壺は、なんと言いました？」

「わたしがもどれば、波乗一族は攻めて来ると。いま、波乗一族は最新の武器を備えているので、そこの堀に軍船を二、三艘《そう》並べ、いっせいにこの家に砲弾をぶち込んでくるに違いないと」

「いや、それはないでしょう」

と、民斎は笑った。

波乗一族がいかに馬鹿とはいえ、そこまではやらない。八丁堀に砲弾をぶち込めば、いきなり幕府と喧嘩《けんか》を始めることになるのだ。

「ただ、お前を拉致《らち》することくらいは、充分、考えられるな。なにせ、鬼道《きどう》の航海術は、南蛮船《なんばんせん》も怯《おび》えたくらいだからな」

「ほう」

それはもしかしたら、鬼占いとも関係するのかもしれない。

鬼占いは、不思議な力で失せ物《うせもの》や人のありか、居場所を特定することができる。あの技を使って、海上の船の位置や海のようすがわかったとしたら、航海においてとんでもない力を発揮するだろう。

「そういえば、近ごろ平田のやつが、手を組もうとか言ってきたよ」

民斎は言った。

「平田さまがな」

「なにが平田さまだよ。おいらはふざけるなと言ってやったぜ」

「だが、こうなって来ると、それも選択肢の一つかもしれぬぞ」

「…………」

順斎といい、お壺といい、どうも来たるべき危機を未曾有《みぞう》の困難のように思っているらしい。

それに比べたら、自分は暢気《のんき》なものだと思ってしまう。

四

奉行所に行くつもりだったが、寅吉の危難のことを思い出し、深川にもどってみることにした。隠密同心の場合、定町廻《じょうまちまわ》りなどと違って、報告は毎日やらなくても構わないのだ。

仙台堀の上之橋のところに来て、さりげなくうろうろしていると、昼間、民斎が座っていた木陰に、女が立っているのに気づいた。

すでに陽は落ち、暗くてはっきりとは見えないが、女は短い棒のようなものを手にしている。

——刃物だ……。

と、直感した。

しかも、殺気がみなぎっている。

上之橋の反対側から、寅吉がやって来るのが見えた。常夜灯の明かりで、覚えがある着物の柄が見えたので、寅吉のほうに間違いなかった。

このままだと、間違えて寅吉を刺してしまうのは明らかだった。

もちろん民斎は助けるつもりである。

女が飛び出そうとしたらぶつけるつもりで、笠竹を一本手にした。

と、そのときだった。

仙台堀の上流のほうから、寅吉そっくりの歌二がやって来て、二人は橋のたもとで鉢合《はちあ》わせしてしまった。

「お、あんたか」

寅吉が先に声をかけた。

「ああ、どうも」

歌二のほうは愛想が悪い。

民斎が女のほうを見ると——。

二人の男の出現に、女はひどい衝撃を受けたようすだった。

口を押さえ、声が洩《も》れないようにしている。中腰になり、立っているのもやっとというふうだった。

寅吉と歌二が女に気付かぬ様子で柳の前を通り過ぎる。

女は動かない。

民斎も知らぬふりをして、暗い道端に寄ってそっぽを向いている。

寅吉たちが見えなくなると、女が歩き出した。衝撃が抜け切っていないらしく、よたよたしたような歩き方である。民斎は女の後を尾けた。やがて本所松井《ほんじよまつい》町《ちよう》にある長屋に着くと、愕然《がくぜん》としたようすで中に入った。

民斎はそっとその家の前に近づいた。

耳を澄ますと、女の泣き声が聞こえてきた。

民斎はその足で、寅吉の家を訪ねた。

寅吉は、買って来た握り飯に、沸かした湯をかけて食っているところだった。

「おや、易者の先生」

「ちっと、あんたに訊きたいことがあってな」

「なんだい？」

「ここを出たくねえとか言ってたのはどうしてだい？」

民斎が訊くと、寅吉は動かしていた箸《はし》を止め、つらそうな顔になった。

これは答えてくれないかと思ったが、

「情けない話なんだよ」

と、前置きして、いまから十五年も前の話を聞かせてくれた。

「ここは、もともとおいらの惚《ほ》れた女が住んでいた家でね」

「そうなのか」

「おいらは、霊岸島の家に住み、この近所の棟梁《とうりよう》のところに通っていた。そんなとき、おすえという総菜屋で働く娘と知り合ったのさ」

「気は合ったんだと思う。いろんな話をし、この家で夕飯をごちそうになったこともあったよ」

寅吉はそう言って、そのときのことを思い出すように、部屋をぐるっと眺め回した。

「おいらはもちろんいっしょになりたかったよ。ただ、こっぱずかしくて、それに、なにより断わられるのが怖くて、なかなか言い出せなかったんだよ」

「そりゃあ、わかるよ」

民斎だって、よく他人には「面の皮が厚い」だの、「いかにもおやじの図々《ずうずう》しさ」だのとひどいことを言われるが、好きな女の前では、けっこうおどおどしてしまったりするのである。

「ところが、ある日、突然、おすえはおいらに冷たくなって、ほかに好きな人ができたので、その人といっしょになるって、いなくなってしまったのさ」

「そうだったかい」

「もう、あと、ちっと度胸があったらなあ」

「度胸がな」

「なるほど」

「…………」

　寅吉は涙こそ見せないが、こみ上げてくるものがあったのだろう。しばらく、じいっと耐えているようだったが、

「忘れられなくってさ。おすえがここから出て行って、この部屋が空《あ》いたので引っ越して来たんだよ。おすえがここにいたって思うだけで、多少は毎日のあじけなさにも耐えられる気がしてさ」

「そりゃあ、かえってつらかったんじゃねえか」

「いや、つらいのにも、幸せなつらさと、不幸せなつらさがある。おいらには、幸せなつらさだったから」

「そういうことだったかい」

　寅吉はなかなかうがったことを言った。

「先生。まだ、占ってくれねえのかい？　おいら、そのうち誰かに刺されっちまうぜ」

「どうだろうな、明日あたりには、もやもやしてたのが、ぱあっと明るくなると思うぜ」

　民斎はそう言って、寅吉の長屋を後にした。

五

翌朝早く――。

鬼堂民斎は、本所松井町の竪川《たてかわ》沿いの道に座った。

こんなに早く仕事に出たのはひさしぶりである。

だが、今日はどうしても早起きの長屋の連中が動き出すころに間に合いたかったのだ。

しばらくして――。

民斎の座る前の道を、三十半ばくらいの女がやって来た。

目立つほどの美人ではないが、愛嬌《あいきよう》のある顔立ちである。ただ、表情は暗い。

「あ、これこれ。そこなご婦人」

と、民斎は声をかけた。

女は無視して通り過ぎようとする。

「いかんな。人を傷つけようとするのは」

「え？」

「強い怒りの気が出ているぞ」

「そうなんですか?」

女はやっとこっちを見た。

「ひどい奴と付き合ったのかな。殺しても飽き足りないような奴と?」

「はい。なぜ、それを?」

女は心の裡《うち》を読まれたように近づいてきて、民斎の前に立った。

昨夜、仙台堀のあたりからここまで後を尾けて来た、その女。

寅吉の心に忘れ難い思いを残した女。

おすえだった。

「わしは人間の運命を見る。わかってしまうのさ」

「まあ」

民斎にうながされ、おすえは座った。

「あんたの人生に、二人の男が見えている。ところが、この二人、顔がそっくりなんだ」

「そんなこともわかるんですか」

「あんたも間違えてしまうくらいじゃないか?」

「間違えたんです」

「やっぱり、そうか」

「二十歳《はたち》のころに好きな人がいたんです。寅吉さんていいましてね。向こうもあたしを好いてくれてるのは間違いなかったと思います。ただ、寅吉さんは恥ずかしがりで、なかなかいっしょになろうって言ってくれませんでした」

「そりゃあ、そういうもんなんだぜ。大事に思う気持ちがあれば、なおさら調子よく口説《くど》くなんてことはできねえもの」

「そうですよね。ところが、あるとき、夕暮れの大川端に寅吉さんが座っていたんです。あたし、嬉《うれ》しくて駆《か》けよって話しかけました。寅吉さんはいつもと違って、最初は妙にぎくしゃくしてたけど、そのうちだんだん口もなめらかになり、酒でも飲みに行こうって誘ってくれたんです」

「ははあ」

　聞いている民斎もはらはらしてしまう。

「あたしはすっかり寅吉さんだと思い込んでいたので、疑うことなく付いていきました。そして、飲めないお酒を飲んでぼんやりしちまったところで、抱きしめられたんです。あたしも振り払ったりしなかったのは、それを待っていたんだと思います」

「だろうな」

「違う男だと気づいたのは、間抜けなことに次の日の朝のことでした」

「後悔したんだろ？」

「ただ、そっくりでしたからね。不思議なんですよ。騙《だま》されたという怒りと同時に、ほんとに寅吉さんとこうなってしまったという感じもあるんです」

「へえ」

民斎にはわからない女ごころである。

「でも、寅吉さんにはもう合わせる顔はありませんよ」

「正直に言ってもよかったかもしれねえがな」

とは言ったが、そこは「いっしょになってくれ」と言えなかった寅吉も、似たりよったりなのだろう。

「いや、駄目でした。それで、ほかに好きな人ができたのでと泣く泣く別れを告げ、間違えた男、歌二って言うんですが、そいつの住む浅草《あさくさ》に仕方なく移ったんです」

もしも間違えることなどなかったら、おすえと寅吉は今ごろどんな暮らしをしていたのだろうか。民斎はおすえの暗い表情を見つめてしまった。

「所帯は持ったのかい？」

「十年以上も暮らしましたが、正式にはいっしょになりませんでした」

「そうなのか」

「顔はそっくりでも、中身は大違いでした。あたしのような女がほかに二人もいて、三人のあいだをぐるぐる回っていたんですね。そのうちの一人が近ごろになって気づきましてね。絶望して、大川に身を投げちまったんです」

「そうなのかい」

「その騒ぎで、あたしも騙されてたとやっと知りましてね。歌二の家から出るだけでは腹の虫がおさまらず、こいつ、死んだ女のためにも、殺して後を追わせてやるって思ってしまったんですね」

「そういうことか」

「でも、易者さんに言われて目が覚《さ》めました。もう、歌二のところへは行きません」

「いや、それは駄目だよ」

民斎は内心慌てたが、落ち着いた口ぶりで止めた。

「どうしてですか。それに、あっちに行けば、寅吉さんと会ってしまうかもしれないんです。歌二は最近、あたしから逃げるために、浅草からあたしが昔住んでいた深川海辺大工町代地の長屋近くへ越したようなんです。しかも、驚いたことに、昨夜、歌二の家の近くに行ったら、どういうわけか寅吉さんとも会ってしまったんですよ」

おすえは不思議そうに首をひねった。

「不思議じゃない。それは、おそらく寅吉があんたのことを忘れることができず、あんたのいた家に引っ越してしまったんじゃないかな」

「まあ」

「ただ、歌二がなぜ、そのあたりに逃げたかだがな」

「それは、かんたんですよ。あの辺はつらい思い出ばかりなので、あたしが足を向けることはないって思ったからですよ。もっとも、仕事先の鍛治屋で訊いたらすぐに教えてくれましたけどね」

「なるほど」

民斎はうなずき、

「ところで、その寅吉だが、いまだにあんたのことを思っているぞ」

笠竹をかしゃかしゃ言わせながら、民斎はさも、占いで出た答えみたいな調子で言った。

「そうでしょうか」

「あんただって、会いたい気持ちはあるんだろう？」

「そりゃあ、そうですよ。あのとき、あたしがあんな人間違いをしなかったらと、何度悔やんだか。でも、いまさら間違えちゃってと、図々しく言い訳なんかできませんよ」

「そんなことは言わなくていい。ばったり会ったふりでもいいじゃねえか。その先を占ってやろうか？」

「いえ、怖いから、まず、会ってみます」

と、おすえは言った。

さらに民斎は、歌二の長屋にもどった。

歌二はまだ長屋でぐずぐずしていた。

こいつは、おすえが自分を狙っているのは知っているが、どうせ自分のことが好きだから、傷つけたりはできないと踏んでいるに違いなかった。

「おい、歌二」

「なんだ、あんたは？」

歌二は民斎の頭からつま先までをじろじろと見た。その目つきは、いかにも尊大なろくでなしといったふうだった。

「上之橋のたもとにいる易者だ。おめえ、聞くところでは、三人の女を十何年ものあいだ騙しつづけ、しかも一人は身を投げ、さらにもう一人も、てめえのせいで殺傷沙汰《ざた》を起こしそうになっているらしいな」

「そんなのは、おれの知ったこっちゃねえ。男女の仲なんざ、そういうもんだろうよ」

「ばあか。そうして女をひどい目に遭わせてるってことは、詐欺《さぎ》といっしょなんだ。しかも十何年も。女だっておめえのために金を使っていれば、窃盗《せっとう》といっしょだぜ」

「ふざけるな、このへぼ易者」

歌二はいきなり殴りかかってきた。

民斎は、身体を反《そ》らしながら、歌二のこぶしを払うと、頭突きを歌二の顔面へ。

「げふっ」

鼻をつぶしておいて、

「女一人につき、三発ずつだ」

立てつづけにこぶしを顎《あご》や腹に叩《たた》き込んだ。

そうしておいて、腰から十手《じって》を取り出すと、

「おめえ、余罪もありそうだ。わしは南町奉行所の者だ。ちっと、番屋まで来てもらうぜ」

「ま、町方の旦那」

歌二はがっくり肩を落とした。

六

朝からずいぶん働いたので、民斎は長屋にもどって一眠りしたくなった。

それで仙台堀から猪牙舟《ちよきぶね》を拾い、木挽町の長屋まで帰って来た。

路地の入口で、

「おっと」

「あら」

亀吉とぶつかりそうになった。

あの晩、帯を解《ほど》きかけた亀吉と、飛び込んできたお壺が鉢合わせしてから、ほとんど満足に口を利いていない。

「民斎さん。何年も帰ってこないっておっしゃってたご新造《しんぞう》さま、いらっしゃいましたね」

亀吉は恨《うら》みがましい口ぶりで言った。

「いや、ほんとにずっといなかったんだぜ」

「でも、あたし、民斎さんのこと、諦《あきら》めませんから」

驚くべき告白ではないか。

「そ、そうなの」

「でも、ご新造さまのことがはっきりするまでは、あたしの帯は解かれません。不義密通はごめんです」

「そりゃそうだよな」

民斎は、間抜けな顔でうなずいた。

「身体にだけは気をつけてくださいよ」

亀吉はそう言って、路地を出て行った。

家に入って、ごろりと横になる。

──驚いたぜ。てっきりあれで愛想《あいそ》つかされたと思ったのに。

女ごころは謎である。

いくら筮竹を引いても、こういう答えは出ないのではないか。

──でも、お壺にも、心はお前さまのものとか言われるし。

亀吉か、お壺か。

お壺か、亀吉か。

迷っていると、壺に入った亀の姿が浮かんできて、なんだかわけがわからなくなった。


夕方──。

上之橋のたもとに出て、寅吉を捕まえた。

「お、寅吉。あんた、今日あたり、いいことがあったんじゃないのか?」

「わかるかい?」

寅吉はなんとも幸せそうな顔で言った。

「そりゃあわかるさ」

「じつは、ほら、あんたに話した昔好きだった女」

「ああ、おすえとかいったな？」

「そのおすえと、ばったり再会したんだよ。おれの仕事先で」

「へえ、偶然もあるもんだ」

「変わってなかったよ」

「そうかい。でも、他人の女房なんだろう？」

民斎はしらばっくれて訊いた。

「それがさ、別れたらしいぜ」

「独り者か。じゃあ、あんた、望みあるじゃねえか」

「望みあるかねえ。おすえちゃん、いまでもいろいろ声をかけられてるんじゃないかなあ」

自信なさそうである。

「観《み》てやろうか？　当たるぞ、わしの八卦《はっけ》は」

民斎は自信たっぷりに言った。

なにせ、おすえの気持ちも知っている。

「いやあ、駄目だよ。悪い卦が出たりしたら立ち直れなくなる」

「だったら、どうするんだい？」

と、民斎は訊いた。

「ううん、迷うなあ」

腕組みして長屋に帰って行こうとする。

まったく煮え切らない男である。

「迷ってちゃ駄目だぞ。男女のことは」

と、民斎はびしっと言った。

さっきまで、亀吉とお壺の名を交互につぶやいていたのである。どの口でそういうことが言えるのかと、自分でも呆《あき》れた。

寅吉は振り返った。

「わかったよ。決めた。今度こそ、でっけえ声で言うよ。いっしょになってくれ、ずっとあんたが大好きだったんだってね」

待ち人来たるか

一

鬼堂民斎は隠密同心のかたわら、易者になってすでに何千人という人間の顔を観察してきたが、確実に言えるのは、顔の造作と中身はほとんど関係ないということである。

ただ、表情とか、一瞬現われる気配とかは別である。表情には、内面の感情や性格が現われるし、気配には得体《えたい》の知れない第六感的作用が働いていたりする。それらを的確に判断し積み重ねれば未来を見通すこともできる。

だが、顔の造作自体は、しょせん親から伝わったもので、単なる器《うつわ》に過ぎない。器にはなんだって盛ることができる。

とくに女。派手な顔立ちの娘が意外に地味だったり、地味に見える娘がとんでもない派手好みだったりする。美人の腹が真っ黒だったり、清楚《せいそ》そうなのが淫乱だったりもしょっちゅうである。

顔相は目をつむって観《み》たほうが、まだ当たる。

こういう考えを大前提としているから、民斎が顔相を観るときは、かなりいい加減である。

「ほら、あいつだよ。あいつ」

朝四つ（午前十時頃）過ぎ、今日、最初の客の男は言った。

芝田町《しばたまち》。五光稲荷《ごこういなり》前の、海が見えるあたりに座っていた易者の鬼堂民斎は、

「ちょっと、来ておくれ。ちょっと」

と、その初老の男に連れて来られたのである。

さほど遠くまでではない。座っていた場所から半町《ちょう》（約五四・五メートル）足らずのところ。

「あの酒屋はあたしの店なんだ。その端《はし》っこに男が立っているだろ」

「いますな」

「悪党そうな顔をしてるだろ」

「そうですかね」

〈小田原屋《おだわらや》〉という酒屋の正面の軒下《のきした》あたりに、男が一人、立っていた。

歳《とし》はよくわからない男である。

肌の艶《つや》からすると、見た目よりだいぶ若いかもしれない。

「もう、今日で十日くらいになるかね」

「ずっと立っているのですか？」

「朝から暮れ六つ（午後六時頃）までね」

「ここは、とくに待ち合わせに使うようなところじゃないですよね」

「こんなところで待ち合わせする奴《やつ》なんかいるもんか。ちょっと南に行けば、大《おお》木戸《きど》だってあるし、泉岳寺《せんがくじ》の登り口だってある。芝田町のこんな小さな酒屋の前よりも、ずっとわかりやすいだろうよ」

「それで、あいつには訊《き》いてみたんでしょ？」

「訊いたさ。なにをなさっておいでですって」

「そしたら？」

「おれにもわからねえと」

「わからねえ？　自分のしていることが？」

「真面目《まじめ》な顔で言うんだよ」

「ふうん」

「待ち合わせだったら、あっちでやってくれと言ったのさ。そしたら、嫌《いや》だと。ここは天下の往来《おうらい》だろと。あたしのことは見向きもしない」

「なるほど」

「仕方ないから番屋にも相談したよ。町役人からも訊いてもらったけど、返事は同じ。たしかに天下の往来だから、力ずくでどかせるわけにはいかない、そのうち、待ち人が来て、いなくなるはずだと言うのさ」

「そうでしょうね」

「だが、こっちは気になるんだよ。それで、神社のおみくじとかにあるだろ？　待ち人、来たるとか、来たらずとか。あの占いをあんたにやってもらいたいのさ。待ち人が来て、あいつはいついなくなるか」

「ああ、旦那。あいにくですが、それは無理ですよ」

「どうしてだい？」

「占うのは旦那の待ち人じゃないでしょう。あの男のでしょ」

「そうだ」

「他人のことは占えません。あいつが、わたしに占ってくれと言って来たら別ですが」

民斎がそう言うと、小田原屋の旦那はがっかりした。

当人は、いい考えを思いついたというつもりでいたらしい。

「だが、なんとかしてやりましょうか？」

と、民斎は慰《なぐさ》めるように言った。

「なんとかとは？」

「わたしもあそこに座るんです。易者として」

「ほう」

「それで、顔なじみになり、あいつの話を聞き出したり、あいつの待ち人のことを占ってやったりするのです」

「なるほど」

「ただ、場所を移したりするのですから、見料《けんりよう》のほうはちと割高になりますよ」

「それはしょうがないな」

交渉が成立した。

二

民斎は、五光稲荷の前から台や床几《しようぎ》を持って来て、小田原屋のわきに腰を下ろした。

男とは一間（約一・八メートル）くらいしか離れていない。

「なんだ、てめえは？」

という目つきでこっちを見たが、なにも言わない。

やくざだったら、当然いちゃもんをつけてくるだろうから、見ためほどには悪い奴ではないのだ。

民斎はしらばくれて男を観察した。

たしかに男は人を待っているらしい。

四半刻《しはんとき》（約三〇分）ほどしてから、

「よお、兄さん」

と、民斎は座ったまま声をかけた。

「なんだよ」

「わしは易者なんだ」

「見ればわかるよ」

「待ち人だろう？　占ってやろうか？」

「けっこうだよ」

と、男はそっけない。

だが、民斎はそれくらいでは引かない。

「誰を待ってるんだ？」

「知らない」

「知らないってことはないだろう。女か？　品川《しながわ》の女郎か？」

「違うよ。ほら、あんた、客が来たぜ」

男は顎《あご》をしゃくるようにした。

たしかに民斎のわきに客が立っていた。

若い娘である。それも、可愛《かわい》らしい。

民斎が娘のほうに向き合うと、

「五日後に男の人と会うんです。無理やりの見合いなのですが、もしかしたら、いっしょにさせられるかも知れません」

「なるほど」

「それで、あたしは幸せになれるでしょうか？　占っていただきたいのです」

おなじみの依頼である。たぶん、これがいちばん多いかもしれない。次が、いまの相手と別れたほうがいいかどうか。

男と女は、くっつくのも別れるのも、悩みの種になる。だからこそ、易者にとっては飯の種になる。

「そこに座って」

と、民斎は前にかけさせた。

それから半刻（約一時間）ほど、娘の話を聞かされる。

こういう娘は、誰といっしょになっても不平は尽《つ》きない。相手はおしゃべりにうんざりし、たいがい嫌になるから、幸せな夫婦の暮らしも望めない。

だが、民斎は適当に筮竹《ぜいちく》を引かせて、

「大丈夫。幸せになれるよ」

と、言った。

「ほんとに？」

娘は疑わしそうに言った。だが、嬉《うれ》しそうでもある。

それはそうで、こういうのは皆、「幸せになれる」と太鼓判を押してもらいたくて来るのだ。

だから、民斎は太鼓判を押してやる。

易者として期待に応えてやる。

そうやって太鼓判を押しておけば、いずれどんなに不平不満だらけの暮らしになろうが、亭主に相手にされまいが、

——あたしはまだ幸せなのよね。

と、思えるかもしれない。

人間は、たとえ錯覚でも、そう思っていたほうがいい。

「じゃあね、易者さん。やっぱり占ってもらってよかった」

娘がそう言っていなくなったときには、夜の闇が近づいていた。

あの男もいなくなっていた。


民斎は奉行所に寄らず、まっすぐ木挽町の長屋に帰って来た。

どうもこの数日、与力の平田源三郎が民斎と話したそうにしているのだ。

平田と話しても、いいことなどあるわけないので、近づかないほうがいいに決まっている。

「ほっほう、ほ」

ふくろうの福一郎が、「お帰り」というように嬉しそうに鳴いた。

「福一郎。ありがとうよ。なんか、変わったことはなかったか?」

上を見て、訊いた。

「ほほう、ほう、ほう」

切羽詰《せっぱつ》まってはいないが、なにかしらはあったらしい。

そのなにかは、家に入るとすぐわかった。

「え？」

台所で女が料理をつくっていた。

――亀吉姐《ねえ》さん？

一瞬、胸が高鳴った。

もう民斎さんのことが好きでたまらなくなってきた。このあいだは、ご新造《しんぞう》さまのことがはっきりしないうちは付き合いたくないみたいに言ったけど、もういい。早くあたしを民斎さんのものにして。身も心も……。

そんなふうに気が変わったかと期待した。

だが、振り向いたのは亀吉ではなかった。その亀吉を産《う》んだ、〈ちぶさ〉の女将《おかみ》のおみずだった。

「な、なんでおみずさんが？」

「民斎さんも夏は精をつけないとへばっちゃったりするので、おかずの一品でもつくっといてあげようと思って。うなぎの玉焼き。おいしいわよ」

「う、うなぎの玉？」

「やあね。素敵な想像したりして。うなぎに卵を合わせて、濃い目に味つけしたの。おいしいわよ。精もつくし」

「はあ」

おみずがそんなことをするなんて、まずろくな魂胆《こんたん》ではない。

まさか、押しかけ女房にでもなるつもりか。

「じつは民斎さんに相談があって」

「な、なんでしょうか。わしとおみずさんの仲は、いくら占っても、ろくな卦《け》は出ないと思うが」

「やあね。必死で釘《くぎ》刺したりして。そんなんじゃなくて、昨夜、うちの店にやくざが来たのよ。なんでも尾張町《おわりちょう》から出雲町《いずもちょう》あたりを縄張りにしている親分らしいんだけど」

「おみずさんと付き合いたいって？　やくざの親分の女房は似合わなくはないが、やめといたほうがいいですよ。やくざはたいがいろくな死に方はしないから」

それはたぶん、〈猿《ましら》の洋次《ようじ》〉と呼ばれているやくざだろう。〈猿〉の綽名《あだな》は、尻に尻尾が生えているからなのだ。

それほど長い尻尾ではないらしい。せいぜい五寸《すん》（約一五センチ）くらい。だが、湯屋でも大勢に見られていて、ここらでは有名である。

だが、尻尾があるせいかどうかはわからないが、女にはもてると聞いたことがある。

「やあね。変なこと言って。やくざになんか口説《くど》かれないわよ。そうじゃなくて、ここでただで商売しようなんてのは甘いんですって」

「ははあ」

みかじめ料を要求してきているのだ。

断われば、ろくでもないのがやって来て騒ぎを起こす。ほおら、やはり地元の親分に頼らざるを得ないだろうと、やくざおなじみの手口である。

「民斎さんなんかも道端でする商売だから、そっちの人たちがやって来るでしょ？」

「もちろん、うじゃうじゃ来ますよ」

「どうしてる？」

そこはいろいろである。

わざと生意気な態度をして、やくざの動きを見るときもある。かなり悪どいことをしていれば、そこから芋《いも》づる式に親分のところまで探りを入れたりもする。

逆に、あの易者は奉行所に近いとか思われるとまずいところは、みかじめ料を払ったりもする。

あるいは近くの岡っ引きから、「手を出すな」と言わせたりもする。

町によって対応も違うのだ。

だが、おみずの相談で隠密同心である民斎の事情を明かすわけにはいかないので、

「そいつは、猿の洋次って男でしょ。おいらが話してみましょうか」

と、言った。

「まあ、嬉しい」

「いや、それほど期待されても困りますがね」

「なんなら民斎さんのいい女ってことにしてくれてもいいのよ」

と、おみずはしなをつくった。

「そういうわけには行きませんよ」

「じゃあ、いまから？」

「いや、洋次が次にいつ来るか、訊いておいてください」

「あら、そう」

いっしょに店に来て欲しかったらしい。

「亀吉姐さんはどうしてます？」

「なにしてるのかしらね。あの子のことだから、もう寝ちゃってるかもね。そっと忍んだりしちゃ駄目よ。あたし、まだ、孫なんか欲しくないから。自分の子どもなら、もう一人くらいいいかなって思ったりするんだけど」

「いやいや、それはやめといたほうがいい」

おみずの瞳《ひとみ》が妖《あや》しく光り出したので、慌《あわ》てて追い出した。

三

次の日も、芝田町の小田原屋の前に座った。

民斎が着いたときは、すでに例の男も来ていた。

ただ、横道を一本挟《はさ》んで隣になる店で、騒ぎが起きていた。

「なんだ、あれは？」

民斎は男に訊いた。

「さあ。なんか、明け方に押し込みでもあったみたいですよ」

男は興味なさそうに答えた。

「押し込み？」

たしかに野次馬《やじうま》が取り囲み、町方が出入りしている気配である。

「どれどれ」

野次馬を装《よそお》って、中をのぞいた。

ろうそくや提灯《ちょうちん》を売っている店で、〈明光堂《めいこうどう》〉と看板が出ている。

戸はほとんど閉じられたままで、中は窺《うかが》い知れないが、それほど血腥《ちなまぐさ》いことが起きた気配はない。

「殺されたのかい？」

隣にいた野次馬に訊いた。

「いや、あるじは脅されて縛られただけらしいぜ。ただ、三百両《りょう》ほど奪われたらしいな」

「三百両」

こんな店に置いておくには大金である。

だが、間口は五間（約九メートル）ほどある店で、それくらいの金は持っていそうである。

「でも、ここのおかみさんは怒っていたね」

「なんで?」

「旦那のほうがすっかり怯《おび》えて、さからいもせず、金を差し出したんだそうだ。ちょっと着物を斬《き》られたりはしたみたいだけどな。でも、おかみさんは、大声出したりすれば、誰かが駆けつけてくれただろうって」

「いやあ、そしたらほんとに斬られていたよ」

と、民斎は言った。

命を奪われなかっただけ幸運と思うしかないのではないか。

――それにしても……。

あの、誰かを待っているらしい男がいるすぐわきの店である。

――なにか、関わりがあるだろう。

そう思わないほうがおかしい。

民斎はそっと男のようすを窺った。

だが、男はこっちのようすなど知ったことではないというように、通りの両方からやって来ては過ぎ去る人たちを、じいっと眺《なが》めつづけるばかりである。

——ふうむ。

首をひねったとき、店の中からよく知った顔が現われた。

南町奉行所定町廻《じょうまちまわ》り同心の犬塚伸五郎《しんごろう》。民斎の宿敵である平田源三郎の子分である。あんな奴《やつ》の子分とは同情したくなるが、いざとなれば民斎に斬りかかってくる男なのだ。

「じゃあ、今日一日は店を閉めておけ」

と、犬塚は中に向けて言った。

「ありがとうございました」

旦那が出入り口のところまで来て、犬塚に頭を下げた。

「中間《ちゅうげん》を一人、置いて行く。あとは、岡っ引きにまかせた。おいらは夕方にまた来てみるぜ」

犬塚はそう言って、さっさと帰るつもりらしい。

まったく、もう少しやることはあるだろうと、民斎が与力なら怒鳴《どな》りつけてやる。

「おい、犬塚。待て」

民斎は追いかけて行って、足早に去ろうとする犬塚に、後ろから声をかけた。

「なんだ、民斎か。なにしてんだ、こんなとこで？」

「なにしてんだじゃねえよ。おいらは、毎日、江戸のあちこちで休みなしに仕事してるんだろうが」

「休みなしに働く奴は、かえって仕事はできねえもんだぜ」

いかにも平田の子分が言いそうなことである。

「あんたの説教なんざ聞きたくねえ。それより、あっちに男が一人、立ってるだろう」

と、小田原屋のほうを指差した。

「ああ、いるな」

「あいつをちっと問い詰めてみな。おれはわきで聞いてるから」

「押し込みの下手人だってえのか。あいつは違うぞ」

と、犬塚は鼻で笑って言った。

「なんでわかる？」

「ないしょだが、押し込みに入ったのは、海坊主みてえな丸刈りの大男と、役者のような若い美男だった。あんな野郎じゃねえ」

「へえ」

ずいぶん目立つ二人組である。

それだと、岡っ引きが嗅《か》ぎ回れば、下手人は早めに上がるかもしれない。

「だから、訊いても無駄だよ」

「いや、でも、通りいっぺんのことでいい。ここんとこ、ずっとあそこに立っているらしいんだ」

民斎は頼んだ。

「しょうがねえな」

犬塚が引き受けたので、民斎は急いで元の場所に座った。

四

「おめえ、ずっとここに立ってるんだって？」

と、犬塚は男に訊いた。

男はなんと答えるべきか考えているようだったが、

「ずっとというか、朝から晩までですが」

と、言った。

「なに、してんだ？」

すると、また考え込み、

「人を待ってるんですよ。来れば、用は終わるんですが、来ないもんで」

しばらくして、そう答えた。

犬塚は早くも苛々《いらいら》してきたようすである。

こういう相手は、こっちもゆったり構えないと駄目なのだ。まったく平田の子分だけあって、訊問《じんもん》のいろはもできていない。

「待ってるのは、知り合いか？」

「いや」

「親戚かなんかか？」

「違います」

「誰なんだ？」

「わからねえんですよ」

「なんだ、それは？」

「おいらだって困ってるんですよ。ちゃんと教えてくれねえもんだから」

男はほんとに困ったような顔をしている。

「おめえ、名前はなんていうんだ?」

「光太郎《こうたろう》っていいます」

「こう、はどう書くんだ」

「光っていう字です」

「なに、してんだ?」

「絵師の卵」

民斎は思わず光太郎をじいっと見た。

絵師の卵には見えない。

「絵師の卵が、なんでここで突っ立ってんだ?」

「だから、ここで待ってろって頼まれたんですよ」

「誰に?」

「おふくろに」

「おふくろはなんで自分でここに来ねえんだ?」

「病《やまい》で来られねえんですよ」

「かわりに来てんのか?」

「はい。あっしも帰りたいですよ」

光太郎は情けなさそうな声で言った。

犬塚も、もう嫌になって来たらしい。

ちらりと民斎のほうを見た。

民斎は、あんたの好きにしてくれというように、軽く首を振った。

「昨夜、そこで押し込みがあったんだ」

と、犬塚は言った。

「そうみたいですね」

「おめえ、なんか知らねえか」

「知りませんよ。なんで、あっしが？」

「押し込みってのは、たいがい入る前に、いろいろ探ってるんだ。おめえが、その役を務めたかもしれねえだろ」

「勘弁《かんべん》してくださいよ」

もう泣きそうである。

「わかった。訊いてみただけだ。そんな泣きそうな顔するなよ」

犬塚はそう言って、踵《きびす》を返し、歩き出した。

民斎もさりげなく犬塚を追い、一町（約一〇九メートル）ほど行ったあたりで声をかけた。

「おう、犬塚。すまなかったな」

「いや、別に。でも、民斎。あいつは違うって。だいたい、仕事が終わったら、見張りだってもう来ねえよ」

「そうだな」

「おいらは、押し込みのほうを解決しなきゃ。まあ、人相がわかってるから、そのうち上がるだろうがな」

犬塚はそう言って、定町廻り特有の、偉そうな態度で歩き出した。

五

昼九つ（正午頃）。民斎はまた元の場所にもどって座った。

六月（旧暦）末の強い日差しが照りつけてくる。

日陰に入りたい。

店のわきに、小さな稲荷の祠《ほこら》と、かなり石が摩耗《まもう》した道祖神《どうそじん》を祀《まつ》った一角がある。その後ろに枝がいっぱい分かれたかたちの高さ三間（約五・四メートル）近い木があり、赤い花が咲き誇っている。圧巻と言えるくらいの咲きっぷりである。

あの木の下にでも退散したいが、光太郎は突っ立ったままである。

ちょうど小田原屋の旦那が外に出てきたので、

「旦那、きれいですね」

と、民斎は言った。

「うん、きれいだろ」

「なんていう花でしたっけ？」

いまどきはよく見る。

「夾竹桃《きょうちくとう》だよ」

「あ、そうか。これ、毒あるんですよね」

「そう。この枝で箸《はし》なんかつくったら、中毒を起こすよ。だが、毒があるような花は、きれいだし、丈夫だよな」

そういうものかもしれない。人間もいっしょである。

「花はいつごろ咲きました？」

「十日ほど前かね」

「ちょうどあいつが立ち始めたころですね？」

小声で訊いた。

「あ、そうだな」

「これって古い木ですよね」

「古いよ。あたしがここに来たときもあったから」

「え？　旦那は、代々、ここにいるんじゃないんですか？」

「違うよ。あたしは酒屋の小僧から始まって、道端の一杯飲み屋とかいろいろやって、ようやくここに店を持ったのは二十年前。四十のときだよ」

「そうなので」

「苦労人だよ」

自分で言ってるようじゃ、一流の苦労人とは言えない。

「買ったんですか、ここは？」

「そう。安かったからね」

「東海道《とうかいどう》沿いじゃないですか。なんで、そんなに安いんです？」

「ふっふっふ。それは意外なことがあるのさ。当ててみな」

からかうように言った。

「あれ、まるで当たらないと思ってるみたいじゃないですか」

「うん。これはちょっと意外過ぎる話だからさ。易でもわからないと思うよ」

「そんなこと言われると、あたしもムキになりますよ」

「じゃあ、別に代金を払うから、当ててみな」

「わかりました。やってみますよ」

民斎は、荷物入れの袋から、あの水晶玉を取り出した。長屋に置いておくと危ないので、祖父の順斎のところから持って来てからは、易の道具として持ち歩いているのだ。

持っていると狙われやすいのだが、順斎のところに置けば、また順斎が襲われるかもしれない。民斎が持ったり、順斎のところに戻したり、しばらくはいろいろと目くらましのようなことをしようと思っている。

これを台の上に載《の》せ、手を当て、目を閉じると、気持ちを集中させる。

こんな真っ昼間の道端で本格的な鬼占いまではやれないが、半分くらいの力でやってみることにした。

水晶玉が力を貯《た》め込み始めたのが、手のひらでわかる。

民斎の頭もぼんやりしてくる。

ツノが生えてくる感じもしてきた。

「え、なんだか、その玉が光っているみたいだよ」

驚いたように小田原屋の旦那が言う声も聞こえた。

目の奥に奇妙な光景が見えた。

二人が倒れ、若い娘が飛び出してきた。

民斎はここでやめることにした。

「どうだい、なにかわかったかい？」

「雷が落ちたんですね」

民斎がそう言ったとき、まさに一天にわかにかき曇り、
ぴかっ。ごろごろっ。

と、雷が轟《とどろ》き渡り、
ざぁーっ。

激しい夕立になった。

六

雨が上がるまで、小田原屋は民斎を店の中に入れてくれた。

さすがに売り物の酒は出してくれないが、冷やした茶を飲ませてくれた。

「凄《すご》いね。よくわかったね」

と、旦那は言った。

「当たりましたか？」

「当たったよ。そう。二十年前、この家に雷が落ちて、店先にいた旦那と女房は死んでしまったのさ」

旦那はそう言って、約束の見料も払ってくれた。

「なに、してたんです。ここで？」

「団子屋をやってたよ。茶店ふうにして、店先で食べさせたりね。でも、その雷のせいで、あるじ夫婦は死に、まだ十五だった娘が一人残されてね」

「ほう。それで、旦那は縁起の悪いこの家を、安く買い叩《たた》いたと」

「人聞きの悪いことを言わないでおくれ。じっさい、誰も買おうとしないのを、あたしが買ってやったんだよ。まあ、ふつうに買えば倍はしただろうがね」

それはそうだろう。

「その娘ってのはどうしました？」

「さあねえ。親戚のところにでも引き取られたんだろうね。でも、家の代金はその子に渡ったんだから、そう苦労はしなかったと思うよ」

と、旦那は言った。

それから民斎は、出された茶をゆっくり飲み干し、

「旦那。今日で、お悩みの件も終わりますよ」

と、いきなり言ったので、

「え？」

旦那は呆気《あっけ》に取られたらしい。

「あの、前に立ちつづけている男も、明日はもう、来ませんよ。さっきの易はそっちのことも解決したのでね」

「解決した？」

「謎は解けました」

「あたしには、さっぱりわからないよ」

「いいんですよ。だって、気になる男がいなくなるんだから」

「だから、いったいどういうことなんだい」

「こっちの見料もよろしくお願いしますよ」

民斎はそう言って外に出た。

江戸の夕立らしく、たちまち雨は上がり、また強い陽《ひ》が差してきていた。

民斎は外に出て、同じように腰をかけた。

光太郎はずっと軒下で雨宿りをしていたが、いまは往来のほうに一歩踏み出している。

「よう、光太郎さん」

と、民斎は話しかけた。

「え、なんで、おいらの名前を？」

「さっき、町方と話してたのを聞いてしまったのさ」

「ああ、はい」

「あんた、老《ふ》けて見えるけど、まだ若いんだな」

「わかります？　いくつに見えます？」

「二十歳だろ」

「歳を当てられたのは初めてですよ」

と、光太郎の顔が輝いた。

「それに、けっこうワルに見えるけど、まるでそんなこともないよな」

「ええ。むしろ気は弱いほうです」

「おっかさんに頼まれて来てるんだって？」

「そうなんです」

「歩けないのかい？」

「歩けないってこともねえんですが、いまどきが駄目なんです」

「ははあ。雷が怖いんだ」

「よくわかりますね」

光太郎は心底驚いたらしい。

「おれは易者だぜ。いろんなことがわかっちまうのさ」

「へえ」

「なんで、ここで待つように言われたのかもわからないかい？」

「わかりませんよ。教えてくれないんだから」

「誰が来るのかもわからないと」

「ええ。まさか、それもわかるんですか？」

「まあね」

「……………」

光太郎は、気味が悪そうに民斎を見た。

「あんたのおっかさんは、二十年前の約束を果たしたんだよ」

「二十年前の約束？」

「そう。二十年後、その夾竹桃の花が咲くころに、ちゃんと育てた子どもを見せに来ますからって」

「そうなんですか」

「あんたはもうここで待たなくてもいいんだ」

光太郎はただ民斎を唖然《あぜん》として見つめるだけである。

七

「明光堂の旦那」

民斎は後ろから声をかけた。

「え？」

明光堂の旦那は足を止めた。

「両替屋に行くところだろ？　預けていた三百両を受け取りに」

「…………」

夕暮れのなかでも、顔が蒼《あお》ざめるのがわかった。

「狂言だったんだよな。押し込みは」

「な、なにを」

「大丈夫。町方には言わない。誰にも言わない。おれは見ての通り、ただの易者だ。ただ、今日の押し込み騒ぎを易で観てみたのさ。そしたら、いろんな面白いことがわかったんだ。おれは、その易が当たっているか、わかればいいのさ」

民斎はそう言って、通りのそば屋に明光堂の旦那を連れ込んだ。

腹が減っていたので、民斎は天ぷらそばを頼んだ。

旦那も盛り一枚くらいは付き合うという。

「二十年前に雷が落ちたんだよな、いま、小田原屋があるところに」

「そうです」

「あるじと女房が死に、それで、一人娘の——名前はなんというのかな？」

「おみねです」

「おみねちゃんが一人遺《のこ》されてしまった。そのおみねちゃんは、あんたとできていて、まだ十五だったけど、お腹に子どもを宿していた。違うかい？」

民斎は訊いた。

「そうです」

「あんたもまだ若くて、どうしようもなかったんだろ？」

「あたしはいまの店の小僧でしたので」

「おみねちゃんは、なんとかあそこが売れて、ほかへ引っ越すことになった。お腹に子どもがいるのを知ったあんたはずいぶん心配したんだろう？」

「そりゃあしましたよ。でも、おみねが、なんとしてもあたしが育ててみせるって」

「そうなんだよな」

じつは、占いの最後に、雷の落ちた家から娘が飛び出してくるところが見えた。

その娘のお腹が、すこしふくらんでいるように見えたのである。

「それで、おみねは約束しました」

「二十年後。その夾竹桃が咲くころに、おみねは成長した子どもをここに連れて来るってな」

「そうなのです」

「だが、おみねは来なかった」

「はい。そのかわり、ふと気づくと、あの若者がそこに立っていました」

「おみねの面影があったかい？」

「ありました。おみねは気のやさしい娘だったのですが、顔立ちはわりにきつくて、目元がとくに」

「なるほど」

あの光太郎もそうである。目元がきついので悪人に見える。

「あたしには似てないですかね？」

旦那が訊いた。

「いや、似てるよ。口元のあたりが」

それも、この謎を解くきっかけになったのである。

そう言うと、旦那は嬉しそうにした。

「あいつ、名前は光太郎ってんだぜ」

「ええ。雷からじゃないですよね？」

「違うよ。あんたの店から一字取ったんだろうな」

「そうですよね」

と、旦那はうなずいた。

「それで、その後、あんたはあの店で手代になり、娘をもらって、あるじになった」

「はい。婿《むこ》に入ったのですが、子どもはできず、女房は……」

「ま、そっちの愚痴《ぐち》は聞かないでおくぜ。別の話なんでな」

と、民斎は言った。

押し込みに入られたというのに、なんで騒ぎ立てなかったんだと怒る女房である。いまの暮らしもだいたい想像がつく。

「すみません」

「それで、光太郎のあとを尾《つ》けたんだろう？」

「はい。深川の裏長屋に住んでました。そっとのぞいて見ましたよ。かわいかったおみねがあんなになってね」

「老けてたかい？」

本当なら、初恋の人には会わないほうがいい。

だが、おみねは子どもをつくってしまったので、会わないわけにはいかない。

「というより、げっそり痩《や》せてましてね」

「病かな?」

「病より、借金でしょうね。近所の者の話だと、しばらく女絵師として食っていたらしいんです」

「そうだったのか」

「どうも、一時、売れたことがあったみたいです。でも、いまは絵柄が飽きられたみたいでね」

「名乗り出たのかい?」

「まだです。向こうも望んでいるかわからないし」

「望まなかったら息子を寄越《よこ》さないよ」

「そうですね」

「だいたい、金を届けるつもりだったんだろ?」

「ええ」

「たいした額じゃねえか」

「なんにもしてやれなかったんでね」

「息子も絵師の卵だとさ」

「そうですか。まあ、三百両を渡すことができれば、本屋でもやりながら、絵の勉強もつづければいいでしょう」

　明光堂の旦那は父親の顔になっている。

　光太郎の待ち人は確かにやってきた。それはじつの父。そしてその父が運んで来たのは福なのか、なんなのか。

　民斎は気持ちがほぐれていった。

「じゃあ、あとは町方の連中に、いもしねえ二人組を追いかけさせておくがいいや」

　海坊主と、役者のような美男なんて、いかにも嘘臭い二人組ではないか。犬塚はそんなことにも気がつかないのだ。

「ほんとに、すべてないしょにしていただけるので？」

「ああ。おれはあの町方の同心がどうにも憎たらしいのさ」

　当然、上役で与力の平田にも相談するだろうが、さらに訳がわからなくなることは間違いない。

かくして三百両の押し込みの件は、迷宮入り。

民斎はすべて納得し、この町から引き上げることにした。


今日も奉行所には行かずに、まっすぐ木挽町の長屋にもどるつもりだった。

ところが、紀伊国《きのくに》橋のたもとで、意外な二人づれと出喰《でく》わしたのである。

「よう、民斎」

「あら、民斎さん」

なんと、平田源三郎とおみずが、連れ立って歩いているではないか。

「昨夜。また、例のやくざが来たのよ」

「ああ、猿の洋次が」

「すると、この平田さまが現われて、洋次をぶちのめしてくださって」

「平田さんが……」

そんなにちょうどよく現われるものだろうか。

――怪しい……。

むちゃくちゃ怪しい。

「でも、このあいだ、平田さんとおみずさんは喧嘩《けんか》になったのでは？」

と、民斎が言った。

「ああ、平田さまのお口の香りのことね」

「お口の香り……」

香りとか言えるものではないだろう。

お口の死臭と言ってもらいたい。

「それはよく説明して、わかっていただいたの。平田さまのようないい男が、お口の香りのことは気を使わないと勿体《もったい》ないって」

「いや……」

勿体なくない。ちょうどいいだろうが。人格にぴったりの臭いで。

「それで、歯の磨き方とかを詳しく教えてあげたの。ね、平田さま」

「そう。民斎、口臭に気をつけるには、歯も磨くけど、舌もきれいに洗い落とすのが大事だぞ。お前もときどき臭いときがあるから気をつけたほうがいい」

「…………」

こいつにそんなことを言われたら、人生は終わりだ。

「はあって、してみて。平田さま。民斎さんの顔に、はあって」

「いや、いいですって」

嫌がる民斎に、平田は、

「はぁーっ」

と、息をかけた。

「え？」

臭くなかった。

それどころか、かすかに芳香がした。

平田の息が爽《さわ》やかになっていた。

運命は紙一重《かみひとえ》

一

平田源三郎の息が、おみずの忠告によって爽《さわ》やかになっていた。

――そんな馬鹿な。

鬼堂民斎は愕然《がくぜん》となった。

極悪非道の悪党が、慈善のための募金を始めても、こんなには驚かない。自分の尻からうんこのかわりに、食べられる卵が出てきたくらいの驚きである。

だが、それは駄目だろう。あの臭い息が、あいつの底知れない性悪さを、世に知らしめる警告となっていたのである。

初めて平田に会う人間でも、

――この人は、町方の与力などをしているが、根は泥棒のような人なんだ。

と、気がつくことができたのである。

もう、あいつの正体を世に知らしめる方法はなくなってしまった。

民斎は落胆し、よろよろと長屋にもどって来た。

「ほっほっほう？」

ふくろうの福一郎が頭上で、どうかしたのかと訊《き》いた。

「ちょっと世間から裏切られた気持ちなんだ。ありがとうよ、心配してくれて」

民斎はそう言って、戸を開け、なかに入った。

腹も減ったが、飯を食いに出る元気もない。

よろよろと袴《はかま》を脱ぎ、力なく腰を下ろした。

すると、閉めた戸の向こうで、

「民斎さん」

と、呼ぶ声がした。

なんと亀吉姐《ねえ》さんの声ではないか。

「ど、どうぞ」

「ごめんなさいね」

戸が開き、亀吉が入って来た。

「同じ長屋にいるんだし、これくらいしないのは変かなと思って」

そう言って、うまそうな煮物が入った器《うつわ》を、上がり口のところに置いた。

「いやあ、助かるよ。疲れて、なにもする気がなくなっていた」

「よかった」

「いま、おみずさんと道ですれ違ったんだ」

「もしかして、あの方といっしょ？」

「あの方って、奉行所きっての性悪男のことだとしたら、そう」

民斎がそう言うと、亀吉はくすりと笑って、

「やっぱりね」

と、言った。

「なんだ、いったい、どうしたんだ？」

「わかんないの。うちの母、このあいだまで、あの人のことをくさやの干物の化け物みたいとか言っていたはずなのに、やくざの手から守ってくれたと、急に態度が変わっちゃって」

「ははあ」

先日の〈猿《ましら》の洋次〉の脅《おど》しなど、どうせ最初から仕組まれていたに決まっている。

「民斎さんも、あんないい上役を持っているんだから、もっと信頼して働けばいいのになんて言ってた」

「そこまで言ってたのか」

だんだん平田の魂胆《こんたん》が見えてきた気がする。

周囲からがんじがらめにして、この民斎をいいように使おうというつもりなのだ。

——これで、あいつがあのことを持ち出すと、おれの立場はますますまずくなる。

「なんでも、平田さんのご先祖って有名な人なんですってね」

思ったはしから、亀吉は言った。

それこそが、いちばんまずい事態である。

「え、言ったのかい、あいつ？」

「なにを？」

「先祖の名前」

「ううん。訊いても照れて言わないの」

「そうか」

ほっとした。

あいつがなぜ、桃太郎《ももたろう》の末裔《まつえい》だということを秘密にしてきたのか。それは不思議でしようがなかった。

だが、よくよく考えて思い至った。

あいつは、桃太郎なんてのは、しょせん子どもの英雄で、みっともなくてしょうがないと思っているのだ。

もし名乗ったりした日には、

「桃太郎のおじさんだ」

とか言われて、追いかけられたりもするだろう。桃太郎の恰好《かっこう》をしてくれとか、頼まれたりもするだろう。

非番の日には、「日本一」の旗を背中に差して、道端《みちばた》できびだんごを配らされたりするかもしれない。

そういうのが鬱陶《うっとう》しくて嫌《いや》なのだ。

だが、そうなったら民斎のほうも困る。なにせ先祖は鬼である。それも桃太郎に敗《やぶ》れた鬼だ。なにより平田と違って名前がすでに証明している。

「民斎さんもいろいろ大変みたいね」

そう。大変なのである。

常人にはない、とんでもない運命を背負わされているのだ。

「わしも辛《つら》くてな、ほんとに寝床で愚痴《ぐち》を聞いてくれる相手が欲しいときはあるのさ」

そう言って、そっと亀吉のようすを窺《うかが》った。

「うーん。悪いけど、ご新造《しんぞう》さまのことがはっきりしないうちはね」

亀吉はそう言って、外に出て行った。

二

翌日――。

平田の変貌《へんぼう》による衝撃で、あまり遠くまでは行く気になれない。

近くに采女《うねめ》ヶ原《はら》の馬場《ばば》がある。

江戸にはほうぼうに馬場があるが、ここはお城にも近く、旗本のなかでも馬術自慢が集まるところとして知られる。

万年橋《まんねんばし》のたもとにもあたり、民斎が座るべき水辺でもある。

そのわきで、馬糞《ばふん》の臭いでも嗅《か》ぎながら、一日をやり過ごそうと、自虐《じぎゃく》的な気分になっていた。

朝から座って、四つ頃（午前十時頃）である。

「じつは、うちの主人なんですが」

と言って来たのは、身なりのいい町人である。

いかにもお店者《たなもの》ふう。

歳《とし》ごろから言っても手代の上、番頭あたりではないか。

「どうなされた？」

「病《やまい》に臥《ふ》せりまして、医者からもうじき死ぬと言われてしまいました」

「それは気の毒ですな」

「ところが、なかなか死にません」

「そういうこともありますぞ」

「もう三年経《た》ちます」

「まだ死なないのですか。だったら、治ったのでしょう？」

「いや、治ったとは思えません。床に臥せったままですから」

「なるほど」

「べつに、死ぬのを期待しているわけではないのですが、いったい、いつ死ぬのか、占ってみてはもらえないかと」

「ほう。それはまた……」

なんだか怪《あや》しげな話ではないか。

「当人を観《み》ないと占えませんか？」

「いや、それほどでもないですが、やはり人相、顔相というのを観るのは、大事なことでしてな」

死相というのはとにかくわかりやすい。子どもでも見破って、「この人、死んだ人みたい」なんてことを、当人に言ったりする。

「そうでしょう。ただ、あるじが寝ているのは、店のだいぶ奥のほうでして」

「魚拓のようにして、手相を取ってきてもらえば、それも判断の材料にはなりますぞ」

「ああ、手は皮膚がただれているというので、つねに晒《さらし》を巻いております」

人相も手相も駄目。

「となれば、八卦《はっけ》で筮竹《ぜいちく》を引いてもらいたいですが」

「いやあ、それを持って行って、一本引いてくれとか言いにくいです。なんのために、筮竹など引くのだと訊かれたら、答えようがないですし」

「また、病人というのは疑心暗鬼《ぎしんあんき》になってますからな」

わしの死期を占う気かと、ぴんと来たりするのはあり得るのだ。

「ううむ、筮竹も駄目ですか」

「やっぱり無理ですかね」

そのお店者は頭を抱えた。

民斎はちょっと考えて、

「そうだ、名前で占うという手があります。その旦那のお名前は？」

「それがわからないのです」

「わからない？　名前が？」

「じつは、自分でも名前が悪いのではないかと、最近、改名したのです」

「なんと？」

「病が治るまで、新しい名は伏せることにしたんだそうです」

「ははあ」

「そんなのってあります？」

「ないわけではないです」

と、民斎は言った。

たしかに、祈りを込めてしたことを人の目にさらしてしまうと、ご利益《りやく》が薄《うす》れるという話はある。たぶんに迷信だと思うが、信じている者に迷信だと諭《さと》しても無駄である。

「では、お店の屋号だけでも教えてもらえませんか？」

「本能寺屋《ほんのうじ》といいます。わたしは、そこの番頭で、夜兵衛《やへえ》と申します」

あらためて、深くお辞儀《じぎ》をした。

「紙屋の？」

「はい」

「尾張町の大きなお店ですな」

大店《おおだな》の多い尾張町でも、一、二を争うのではないか。

間口《まぐち》も二十間（約三六メートル）近いかもしれない。

あらゆる紙を扱う。食べられる紙とか、透明な紙まであるらしい。

あの本能寺屋のあるじが病んでいるとは知らなかった。

「前の名は？」

「変兵衛《へんべえ》といいました」

「本能寺屋変兵衛……」

たしかに前の名前は悪かった。

明智光秀《あけちみつひで》でなくとも、確かに襲撃したくなりそうな名前である。押し込みに来てくれと言っているような名前でもある。

そうしたことがなかったかわりに、病に襲われたのかもしれない。

「その名は変えてよかったですな」

「そうですか」

「だが、やはりいまの名が知りたいですな」

「そうですすよね」

「いや、待てよ……家相が観られるではありませんか」

向きはわかる。

尾張町一丁目で、店はお城のほうを向いている。すなわち北向き。

だが、家相を観るには、ほかにもつくりだとか、台所の場所とか、二階の位置といったところまで知る必要がある。

「家相だけだと細かいところまで観られるとは限りませんが」

「それでも、ぜひ」

民斎は頼まれ、引き受けることにした。

三

紙というのは、本来、高価なものである。

本当は尻《しり》など拭《ふ》けるものではない。じっさい、田舎に行くと、いまだに葉っぱや藁《わら》で拭いている人たちもいる。

ぼろ切れで拭き、また洗って使うというおむつのようにする方法もある。

拭かない人だっている。

それくらい貴重なものなのだ。

その貴重なものを売っているのだから、相当儲《もう》かっているに違いない。

〈本能寺屋〉は、聞くところによれば、創業四百年。もちろん、京都が発祥の地である。

四百年だから、織田信長《おだのぶなが》が本能寺で討ち死にする前からやっていたはずだが、じつはそのころは〈本《ほん》の字《じ》屋〉という屋号だったらしい。

それが、織田信長のことで本能寺が有名になり、江戸へ出てきたとき、わかりにくい〈本の字屋〉から〈本能寺屋〉に変えたという。

民斎は、本能寺屋の前まで来ると、表の店のつくりをじっくりと眺《なが》めた。

つくり自体はそれほど変わっていない。いまどきは大きなのれんを、陽差《ひ》しや埃《ほこり》を防ぐように、店先へ出している。

のれんには、家紋《かもん》のような、商売用の紋が描かれている。それは、矢羽《やばね》にも似ているが、本を開いたかたちの紋である。本は紙がなければできない。

それから路地を入り、裏に出て、裏道を歩いてまた路地に入り、尾張町の表に出る。それで店を一回りしたことになる。

坪《つぼ》数にして、およそ七百坪はあるか。

本能寺屋は、小売りもしているが、卸《おろし》もしている。ほかの店に卸すための商いは、もっぱら裏道のほうでやっている。

とすれば、住まいになっているのは、小売り用の表と、卸用の裏のあいだということになる。

それでも、狭《せま》いということはないだろう。二階だって使えるのだ。

だが、あるじの元変兵衛は、一階の奥で臥せっているとのことである。

――とくに家相が悪いということはなさそうである。

だいたい、家相などというのが、自分で言うのもなんだが、ほとんどこじつけのようなものである。

家は陽当たりと、風通しがよいのがいちばんである。

そういうところに住めば、気分もいいし、身体にもいい。

だが、ふつうの町人は、そんな家にはなかなか住めない。そこで、家相がどうしたこうしたと始まるのだ。

となると、ここのあるじの身に起きていることについては、なにも判断のしようがない。

――こりゃあ断わるしかないか。

そう思ったとき、身覚えのある悪党づらが店に入っていった。

猿の洋次である。

着物の後ろには、ちゃんと突っ張りがある。前に突っ張りがあるのはなんとなく想像ができるが、後ろの突っ張りはやはり変である。

――やくざが紙なんか使うか？

まさか、尻尾をそれでくるんだりはしないだろう。

ようやく怪しい事態が現われた。

民斎もさりげなく店に入り、猿の洋次のそばに近づいた。

四

「あるじに会いてえんだ」

と、猿の洋次は露骨な脅し口調で言った。

「どちらさまで？」

手代が訊いた。誰だかは一目でわかったが、いちおう訊いたのだろう。

「おめえ、おれを知らねえのか？」

「いえ、あの」

「これ、見せようか？」

と、後ろを向いて、出っぱりを見せた。

「いや、けっこうです。ちょっと、お待ちを」

手代は、店を見渡し、近くにいた女のところに行った。

四十くらいの、きりっとした顔の女である。

その女は猿の洋次のところにやって来て、

「なんでしょうか？」

と、訊いた。さほど怯《おび》えたようすもない。

「あんたは？」

「この店のあるじの家内でございます」

「あるじに会わせろってんだよ」

「あるじはこのところずっと臥せっておりまして」

「へっ、仮病《けびょう》だろう」

「いいえ、医者からも見放されたような状態です」

「ほんとに病なのか？」

「嘘《うそ》で三年も寝ません」

ぴしゃりと言った。

「ふうん。病はほんとなのか。まあ、いいや。じゃあ、伝えてくれ。あんたのつくった凄《すご》い紙のことで、相談があるってな」

「なんのことでしょう？」

女将《おかみ》はほんとになにも知らないような顔をした。

「ま、言えばわかるって」

猿の洋次は偉そうに肩をそびやかして出て行った。

——凄い紙ってなんだ？
店の中を見回した。
食べられる紙。
透明な紙。
どっちもふつうの紙の何倍もする。
これのことか？
だが、やくざが欲しがるようなものには思えない。
と、そのとき——。
地響きとともに縦《たて》揺れが来た。地震である。
「まただ」
「多いな、近ごろ」
揺れはさらに激しくなった。
「きゃあ」
という悲鳴も上がり、皆、外へ飛び出して行った。
だが、民斎は、逆に店の中へ走った。
ちょうど本能寺屋のあるじらしき年寄りが布団《ふとん》から飛び出し、中庭に駆け降りるところが見えたのである。

その動きは、とても具合が悪くて三年も寝ていた病人には思えない。

「やっぱりな」

と、民斎はつぶやいた。

五

あるじと医者はつるんでいる。

それは間違いない。

――なんのために？

民斎は、また店の表のほうにもどり、揺れもおさまってもどって来た店の者や客のなかから番頭の夜兵衛を探して、

「ちょっと訊きたいことがあります」

と、店の隅《すみ》に引っ張って行った。

「なんでしょう？」

「本能寺屋さんがかかっている医者は誰です？」

「数寄屋橋《すきやばし》のそばの渡辺長庵《わたなべちょうあん》先生です」

「ああ、長庵先生ですか」

名医と評判である。奉行所とも付き合いがあり、何度か検死《けんし》を頼んだこともある。長庵なら、そうでたらめも言わないはずなのだが。

「あるじってのは、そもそもどういう人なんです？」

と、民斎は声を低めて訊いた。

「仕事に関しては天才的です」

「ほう」

「食べられる紙も、透明な紙も、あのあるじが自分でつくったものです。さらに、その販売先を増やす手ぎわもたいしたものです」

「なるほど」

「老舗《しにせ》ですが、ここまで大きくしたのは、あのあるじです。そんなふうに仕事はできるのですが」

「問題もあるわけですな」

「ええ。人物は大いに問題があります」

と、夜兵衛は顔を歪《ゆが》めた。

「どこがひどいんです？」

「いろいろありますが、とにかく猜疑心《さいぎしん》が強いのです。わたしにすら、商《あきな》いの根《こん》幹《かん》のところは相談してくれません」

「なるほど」

「まあ、わたしなどはしょせん他人で関わらないからいいのですが、問題が相続のことになると、それはやはりね……」

いろいろ騒ぎもあったらしい。

「跡継ぎはいないのですか？」

店の帳場あたりを見ながら、民斎は訊いた。

「女将さんはおわかりになったでしょう？」

「ええ。しっかりしてそうな女将さんじゃないですか」

しっかりというよりは、怖いと言ったほうがいいが、番頭には言えない。

「しっかり者です。ただ、あいにく男の子ができず、娘が二人だけです」

「別に養子を取ればいいだけでしょうよ」

「近所に妾《めかけ》がいます」

「やっぱり」

むしろ、いないほうが珍しい。そして、相続のときに必ず揉《も》める。

「そっちには三十ほどのせがれがいます。出来はよくありませんが、間口《まぐち》三間（約五・四メートル）ほどの筆屋をやらせています」

「立派なもんじゃないですか」

「それでも紙屋と比《くら》べたら」

「欲はきりがないですからな。それで、跡継ぎ争いが始まったと？」

「いや、むしろおさまったのです」

「おさまった？」

「はい。三年前までは、あるじもすっかり悩んで、わしもいつ殺されるかわからないなどと言っていたのですが、医者に病を宣告されてからは、そういうことはぴたりと言わなくなりました」

「ほう」

「しかも、それまでは女将さんもお妾のほうも、あるじにはけっこう冷たかったのですが、それからはずいぶんやさしくなりましてね」

「ふむふむ」

病気のふりが功《こう》を奏《そう》したらしい。

「それで、このあいだまでは、もういつ死んでもいいようなことを言っていたのですが」

「なにかありましたか？」

「ちょっと雲行きが怪しくなっています」

「というと？」

「なにか思惑と違ってきたのでしょうね。なにせあるじは秘密が多いので、わたしもわからないことだらけなのです」

「なるほど。そこで、一つ伺《うかが》いたいのですが、大店のあるじが余命を宣告されたりすると、ふつうはすることがありますよね」

「遺言ですか？」

「ええ。そういうのはないので？」

「もちろん、あります。それはつくったみたいですよ」

「つくった？　遺言状を？」

「すでに、女将さんとお妾には渡してあるみたいです」

「ははあ」

それで、いちおうは落ち着いたらしい。だが、新たな問題が発生したのだろう。

「やはり、占うのは難しいですかな？　わたしも無理なら諦《あきら》めますが？」

と、夜兵衛は訊いた。易者にあまり店の詳しい話を聞かせるのは、どんなものかと思ったらしい。

「いや、そんなことはないですよ」

「占えますか？」

「じつは、さっきの地震のとき、あるじのお顔を見てしまいました」

「そうですか」

「立って歩いてましたよ」

「ええ、いちおう歩いたりはできるのです。足元はだいぶ覚束《おぼつか》ないですが」

覚束ないなどとはとんでもない。芝居をしているのだ。

「その人相と家相でだいぶわかると思いますが、どうも、とんでもない結果が出るような気がします。それでもよろしいので？」

「ま、わたしとしては、ほんとにあるじが死んでしまうのか、あのあるじがいない本能寺屋は衰退していくのか、覚悟を決めたいので」

「ですが、今日はさっきの地震のせいで気がだいぶ奪われたので」

民斎は腹のあたりを撫でながら言った。

「そんなこと、あるのですか？」

「地震というのは、人の気や、世に充《み》ちている気をずいぶん変化させます」

それは嘘ではない。目には見えないが、とんでもない力なのだ。

「そうですか」

「一晩寝れば、また気を充実させられますので、明日の朝、また馬場のわきまでお出《い》でください」

六

民斎は、その足で、数寄屋橋のそばの渡辺長庵を訪ねた。

「おや、これは鬼堂さま」

民斎の正体も知っているのだ。

「じつは長庵先生に訊きたいことがあって。本能寺屋のあるじのことなんですが」

「ああ」

と、長庵は困った顔をした。

「まもなく死ぬというのは嘘ですよね」

「やっぱりばれましたか。だから、あたしはそういう嘘は嫌だと言ったんですよ」

「いや、ばれてません。わたしだけが勘付《かんづ》いたことです」

「ほう」

「死ぬと言われてもなかなか死なない。いったいいつ死ぬのか、占って欲しいと、あの店の番頭から頼まれましてね」

「なるほど。そりゃあ番頭としたら気が気でないでしょうからね」

「元気ですよね」

と、民斎は言った。あの、縁側から中庭に飛び降りた姿は、目に焼き付いている。

「六十五のわりには元気でしょうね」

「なんでまた、そんなことを頼まれたので？」

「なんか相続のことで殺されると思い込んでしまっていましてね。そう言ってくれないと困るのだと泣きつかれたのですよ」

「困る？」

「なにを考えてたのかは、よくわかりませんよ。だが、そう家族に伝えたあとは、あの人もずいぶん気が休まったみたいですな。殺されるよりは、病を装って寝てたほうがましと思ったみたいですよ」

「ふうむ。長庵先生は、遺言状のことはお聞きですか？」

「ああ、つくったらしいですね。ただ、あたしは中身についてはなにもわかりませんよ」

「そうですか」

遺言状を女将とお妾に渡し、それで二人とも看病も献身的に行なうようになったらしかった。

いったい、どんなことを書けば、老後の不安は解消されるのか。

民斎も教えてもらいたい。

民斎は、八丁堀の役宅に立ち寄ることにした。

今日の地震はかなり大きかった。もしかしたら、あの奇妙な水晶玉に異変があったかもしれない。

地下室に降り、

「爺《じい》ちゃん、地震は大丈夫だったかい？」

祖父の順斎に声をかけた。

「棚から荷物が落ちた程度さ」

「水晶玉を見に来たんだよ」

数日前から、こっちに置いていたのだ。幸い、誰の襲撃もなかったらしい。

「ああ、そこに置いてある。地震のとき、光ったぞ」

「光った？」

手に取って見るが、割れたりはしていない。

「やはり、この玉はなにかあるよな」

と、順斎は言った。

「なにか？」

「鬼道《きどう》の真髄《しんずい》もこの玉にあるらしいからな」

「そんな怖《おそ》ろしいものは、平田にやっちまってもいいんじゃねえか」

だんだん面倒になってきた。これがそもそも騒ぎの元凶ではないか。

「平田じゃ扱いきれぬ。その玉を活用できるのは、民斎、お前だけなのだ」

「勘弁してもらいたいよ」

とくに異常はないので、木挽町に帰ることにした。

「ほっほう、んほほ」

いつの間に来ていたのか、頭上で福一郎がおかしな鳴き方をした。こんなのは聞いたことがない。

——ん？

なにかが来た。なんだかわからない。が、怖ろしく鋭いものが唸《うな》りを上げて近づいて来る。

「うぉっ」

思いっ切り手足を伸ばすようにして、地べたに伏した。頭の上を刃《やいば》がかすめて過ぎた。

振り返ってすばやく見る。手裏剣《しゅりけん》ではない。もっと巨大なもの。ほとんど大きな三日月。

それは民斎の背後で弧を描いて、飛んで来たほうへともどって行くではないか。

その方角へ、民斎は筮竹をつづけざまに放った。象牙《ぞうげ》の高価なものである。あとで探さなくてはならない。

カチカチカチ。

象牙が叩《たた》かれる音がした。そいつはもどって来た巨大な三日月を左手に持った太い棒で受けながら、右手の短刀で筮竹をはじき落としたのだ。

たいした腕前である。

「わしを殺したら、秘密は闇に消えるぞ」

誰かわからない敵に向かって民斎は言った。

「殺しはしない。足を斬《き》ろうとしただけだ。歩けなくなったら、奉行所にもいられず、わしらに従うしかあるまい」

足を狙ったのだ。

だが、民斎は咄嗟《とっさ》に地べたに伏した。あと何寸か下をかすめたら、民斎の頭は蓋《ふた》が取れたようになっていたかもしれない。

危ないところだったのだ。

「ふざけるな」

立ち上がり、刀を抜いて、突進した。

「ほっほうほう」

福一郎が弧を描きながら敵のいるほうに飛んだ。

「福一郎、行くんじゃねえ」

あの妙な武器を飛ばされたら、まずいことになる。

だが、あの三日月は飛ばすだけでなく、刀の代わりにもなるらしい。

それを振り回してきた。

「おっと」

民斎は、軽く切っ先で受け、剣を流すようにして、敵の足を狙った。

「むっ」

敵はぎりぎりでかわした。

顔を見た。まるで見覚《みおぼ》えのない男である。

「思ったよりやるな」

と、敵は言った。

「舐《な》めすぎだろうが」

短く言葉を返すと、敵は背後に回りながら飛び、

「今宵《こよい》はほんのご挨拶《あいさつ》」

と、ふざけた言葉を残して闇に消えた。

七

翌朝――。

民斎が采女ヶ原の馬場の近くに座ると、まもなく本能寺屋の夜兵衛がやって来た。

「どうです、気は充ちましたか？」

「なんとか」

と、民斎は答えた。

じつはかなり寝不足である。

あの得体の知れない奴《やつ》から襲われたあと、猿の洋次の下《した》っ端《ぱ》を脅したら、そいつがとんでもない秘密を握っていた。その驚くべき秘密を、いまから占いでわかったふりをして伝えるのである。

「では、占ってください」

「はい、お訊《たず》ねください」

と、いちおうかたちばかりは筮竹を持った。

「うちのあるじはいつ、死ぬのでしょう？」

民斎は筮竹を自分で引き、それらしく文字を書きつけ、考えるふりなどしてから、

「まだしばらくは死にません」

と、言った。

「そうなので？」

「ただ、身辺は相当混乱し、死にたくなるかもしれません」

「どういうことでしょう？」

「三年前、本能寺屋さんは身体の調子を崩し、渡辺長庵先生に診《み》てもらって、余命が短いと言われた。だが、それは、本能寺屋さんが長庵先生に頼んで、そういうことにしてもらったのだと思われます」

「やっぱり」

と、夜兵衛は大きくうなずいた。

「そういう疑いはありましたか？」

「顔色もよくなり、何度か、夜抜け出すところを見かけたりしましたから」

「そうでしたか。それで、本能寺屋さんは余命が短いからと遺言状を二通書きま

した。一通は女将さんに、もう一通はお妾にです。その内容はたぶん、こうだったと思います。女将さんには、あと三年生きられたら、全財産はお前にやる。ただし、死んだら、全財産はお妾に行くと」

「ははあ。それで、女将さんは必死で看病したのですね」

「そういうことです。それで、お妾への遺言状はその逆です。三年生きられたら全財産はお前にやるが、死んだら本妻だと。それで、お妾も大事にするわけです」

これは占いで出た答えでもなければ、下っ端から聞き出したわけでもない。どういう遺言なら、本妻、妾がともに自分を大事にするか、必死で考えたのである。

「だから、あの妾もなんだかんだと見舞いに来ていたわけですね」

と、番頭も納得した。

「はい」

「でも、もうそろそろ三年経ちますね」

「ええ。二人とも喜んで遺言状を持って来るでしょうね」

「まずいじゃないですか。文言が違うのがばれてしまいます。怖いですよ、二人とも。正直、頭に血が昇ると、なにをしでかすかわからないところがあります」

「ところが、本能寺屋さんは、それを回避する手立てを取っていたのです」

と、民斎はにんまりした。

ここは、考えたのではない。その下っ端を脅して聞き出したのである。

「どんな手立てです？」

「新しい紙です」

「紙？」

「食べられる紙や、透明な紙よりもっと凄い紙をつくっていたのです」

「どんな紙です？」

「紙というのは、細かくなった木の皮が糊《のり》でくっついてできているのです。その糊の力を極端に弱くしたのです」

「というと？」

「数年も経つと、その紙は細かな粉になってしまうのですよ」

「…………」

夜兵衛の顔に、なにかを思い出したときの驚きのような閃《ひらめ》きが飛んだ。

「そんなものをつくったという話は聞いてませんか？」

「直接には聞いていませんが、その紙の破片をたまたま見かけたことがあります。そうか、あれがそうだったのか」

「だから、女将さんもお妾も、証拠の遺言状はもうひけらかすことはできないはずですよ。いまごろは、包み紙の中で、粉になっているでしょうから。ただ、これから大騒ぎになるでしょうな」

猿の洋次はこの紙を欲しがった。

それはそうだろう。いくらでも適当な証文を書けるのだ。五年後には必ず十倍にして返します、返せなかったら、うちの土地をすべて差し上げます。そんな証文で十両でも二十両でも借りる。五年後には、証文はただの粉になっているのだ。

やくざに取っては、まさに金の成る木である。

「驚きましたな。だが、そんなことまで占いでわかるのですか?」

「わたしの占いは凄いですよ。もっと驚くべきことまでわかってしまいましたからね」

図々《ずうずう》しく大ボラを吹いた。

「なんなんです?」

「本能寺屋さんは、どうして三年と区切ったのだと思います？」

「さあ」

「その答えに、本能寺屋さんの企《たくら》みがあるのですよ。ただ、わたしの占いは、問い一つにお答えするというのが見料《けんりょう》の基本でして」

民斎、こんなところで商売っ気を出した。

「もちろんお支払いします」

「では、申し上げましょう。三年経てば、なんとか一人前になってくれそうな男の子がいたのですよ」

民斎がそう言うと、

「あっ」

と、番頭は声を上げた。

「どうしました？」

「やっぱり、いたんですね」

「ご存じだったのですか？」

「はい。すぐ近所にもう一人、お妾がいるのではないかと疑っていたのです」

「そのお妾に、当時は十四、五の文太《ぶんた》という男の子がいて、その子に財産を預けたかったのでしょうね。可愛《かわい》くてたまらなかったのだと思います。歳が行ってからできた子ですからね。変兵衛の名を文蔵《ぶんぞう》に変えたりしたのも、その子にあんな名前は継ぎたくないとか言われたんじゃないでしょうか」

「本当にもの凄い占いなんですね。新しい名は文蔵……そうかあ。それで、三年経てばしっかりするだろうと。立派な跡継ぎになれるだろうと。そういうことですね？」

「はい。それで、そういう遺言はちゃんと渡してあるはずです。ただ、封はしてあるでしょうが」

「では、もはやどう騒いでも、本能寺屋の跡継ぎはその子になってしまいますね」

「どうでしょうか？」

「え？　だって、書いてしまっているのでしょう？」

「書いてますよ。ただ、本能寺屋さんが期待していたようにはならなかったのです」

「え？」

「つまり、十四、五のころは素直だった少年が、思春期になってぐれてしまったのです。まあ、これもよくある話ですがね。三年後には、自分も跡継ぎを定め、悠々《ゆうゆう》と老後を送ることができるだろうという期待は、水の泡となってしまったのです」

「なんてこった」

番頭は頭を抱えた。

「しかも、その子はとんでもない奴の子分になってしまったのです」

「あ！」

「わかりますよね？」

「猿の洋次……？」

「はい」

「それはひどい」

夜兵衛は顔をしかめた。

だが、民斎だって呆れたのである。昨夜、猿の洋次のことを聞き出そうと、下っ端をいろいろ問い詰めたのだ。本能寺屋の秘密とはなんなのか、なぜそれを知っているのか。その下っ端は、かなり頭も弱いらしく、ちょっとした脅しで白状したのだった。おれは、本能寺屋の妾の子の文太てえんだと……。

「わたしは、猿の洋次がなにかお店の秘密を摑《つか》んだような口ぶりだったのが、不思議だなあと思ったのです。それはそうです。本能寺屋さんの隠し子が猿の洋次の子分になって、家の秘密をばらしていたのですから」

「…………」

「本能寺屋さんは、発明の才には恵まれたが、後継者にはまったく恵まれなかったようですな」

民斎がそう言うと、番頭の夜兵衛はこれからの店の行く末を思ったのか、大きなため息をついたのだった。

※

本来なら、あとは野となれの話なのである。女癖の悪い大店のあるじが、自業《じごう》自得《じとく》で混乱を呼び寄せただけの話である。本能寺屋の遺産争いがどう揉めようが、町方の同心の知ったことではない。

ただ、猿の洋次というやくざがからむと、事態はこじれる恐れがある。

それで、民斎はちょっとだけ手を打つことにした。

猿の洋次は、このまま見逃しておけば、飲み屋の〈ちぶさ〉で乱暴を働き、店を乗っ取ることもしかねない。そういう名目で、〈恐喝〉の罪で、洋次と、文太というまだ若い子分をしょっぴくよう手配したのである。

洋次は慌てて与力の平田に助けを求めた。なにせ〈ちぶさ〉での乱暴は平田がおみずに取り入るためにやらされたのである。

だが、平田にとってしょせんやくざなどはつまようじ程度の存在である。当然、知らぬふりをした。

やくざさえ動けないようにしておけば、そのあいだに民斎が文太の母親に与えた遺言状も取り返してしまえばいい。これで猿の洋次はもう勘五郎の店には関わることはできない。あとは本能寺屋が本妻や妾から怒鳴られたり、引っ掻《か》かれたりするくらいは、当然の罰と言うべきだった。

おみずの恋

一

「ねえねえ、民斎さん」

朝、長屋を出たところで、鬼堂民斎は後ろから声をかけられた。

亀吉姐《ねえ》さんかと思って振り向いたら、その母のほう、〈ちぶさ〉の女将《おかみ》のおみずだった。

性格や雰囲気はずいぶん違うが、声とか細かいところが、けっこう似ていたりする。やはり親子なのだ。

「なんですか？　ちょっと急いでいるのですが」

「観《み》てもらいたいの、あたしの運命を」

「え……」

それは、道端《みちばた》に転《ころ》がっている丸めた鼻紙の中身と同じくらい観たくない。なにか、得体《えたい》の知れない恐怖が伴《ともな》うのだ。おみずの運命なんか観たら、観ただけでこっちが病気になるかもしれない。

「ですが、急いでいるので」

早く逃げたい。

「じゃあ、ついて行く」

「勘弁《かんべん》してくださいよ」

「なにが嫌《いや》なの？」

「別に嫌じゃないですけど」

本当に別段嫌ではないのだが、ものすごく好きではない。そういう感じ。

「今日はどこに座るの？」

「いや、とくに決めてはいないんです」

「でも、いつも水の近くにいるよね？」

かなり鋭い。隠密同心《おんみつどうしん》として、いまは抜け荷だの水回りの悪事を担当しているのだ。

だが、もちろんそんなことは言えない。

「ううん、なんか水辺って好きなんですよ」

「だったら、あたしの運命も観てくれてもいいじゃないの」

「名前がおみずだから？　駄洒落《だじゃれ》やってんじゃないんですから」

じっさい、今日はどこに座るか決めていなかった。

海沿いをたらたら歩いて、怪《あや》しげなところにでも座ろうと思っていたのだ。おみずに押されるように築地本願寺《つきじほんがんじ》のほうに来てしまい、さらに海沿いのほうへ行く。海に突き出るように架《か》かっている明石橋《あかしばし》のたもとに来てしまった。

「今日はここに座ります」

と、民斎はかんたんな造りの台と床几《しょうぎ》を二つ置いた。綺麗《きれい》なほうが客用で年季の入ったほうが自分用である。

その綺麗なほうにおみずはすばやく座った。

「じゃあ、あたしが今日いちばんの客」

「まったくしょうがないなあ」

民斎も諦《あきら》めるしかない。

「どうせ男のことでしょ？」

「わかる？」

「わかりますよ、それは」

おみずが悩むことと言ったら、それしか考えられない。

「まさか、あんなのに惚《ほ》れたんですか？」

「あんなのって？」

名前すら言いたくない。

「ほら、口が臭《くさ》い」

「いま、臭くないわよ。あたしが注意して治してあげたから」

「よく、言えましたね、そんなこと」

「だって、それでどれだけ損《そん》してたか、可哀《かわい》そうじゃないの」

「ひとっつも可哀そうじゃないですよ」

と、民斎はムキになった。

平田に可哀そうなところなど、ただの一つもないのである。あんなに嫌な性格で、あんなに口が臭いのに、悪いことなどなに一つ起きていない。ふつうだったら、口が腐《くさ》って取れていたって不思議じゃない。

「そうかしら」

「惚れたんですか？」

「ううん、憎からずってとこかな」

「憎からず。なんでまた？」

「そりゃあ、あたしのいちばん好きな男は、民斎さんみたいな人よ」

「わたしみたいって、わたしをどういう男だと思っているんですか？」

思わず訊《き》いた。

「なんて言うのかしら、いっしょにいてホッとするというか、人間、別にたいして立派でなくていいし、適当でいいし、無駄な努力とかもする必要ないかって思わせてくれるじゃない？」

「それ、ほんとに、わたしのことを言ってるのですか？」

誤解にもほどがあるだろう。

あんな糞《くそ》上役の下で、毎日、必死で江戸の町人たちのために働きつづけているのである。いったいどこを見て、適当だの、努力しないだのという言葉が出てくるのか。

だが、この世というのは、誤解でできているのだ。

易者をしていると、つくづくそう思う。

人間の考えることなど、ほとんどが誤解。だからこそ、人と人とはどうにか無事にやっていけている。

「そんな民斎さんに相手にされないとなれば、二番目に好きな種類の男でもいいかなとなるじゃないの。女ってのは、そういうものよ。二番目が駄目《だめ》なら三番目、三番目が駄目なら」

「それって誰でもいいってことじゃ？」

「そんなことはないわよ」

「それが平田……さま？」

いちおう呼び捨てはまずい。

「だって、意外にやさしいのよ」

「それで、もう付き合ってしまったんですか？」

「ううん。いくらあたしでも、そんなかんたんに男と付き合わないわよ」

かんたんに付き合いそうに見えるが、そうは言えない。

「それで、平田のなにを占えというんです。あの人の正体なら、わたしが占わなくてもすべて知ってますよ」

「正体とかは、あたしが知ることだから、それはいいの」

「ちっともよくないと思いますよ」

「それより、下手に付き合うと、矢部《やべ》さまに恨《うら》まれるかなと」

「矢部さま……」

矢部駿河守《するがのかみ》。南町奉行である。公正をもって知られる。名奉行と評判でもある。その矢部さまとおみずがどういう関係だというのか。

「矢部さまのことを占うんですか？」

どきどきしてきた。

「そうじゃなくて、平田さんとあたしのこと。付き合ったほうがいいかどうか」

「よくないに決まってるでしょうが」

「ちゃんと易で観て」

「わかりましたよ。じゃあ、八卦《はっけ》を観ますから、筮竹《ぜいちく》を一本抜いてください」

と、筒《つつ》を差し出した。

二

さっきの易の結果で、民斎は頭が痛くなっていた。

平田とおみずの相性はぴったり。付き合えば、かならず幸せになるだろう、と出たのである。

男は怖《おそ》ろしく運が強く、どんな失敗も幸運に変えてしまう。そんな男と付き合えば、女も幸運をもらい、幸せ間違いなしである。

だが、女は幸せになっても、周囲は不幸になるだろう。さまざまな面倒ごとに巻き込まれ、ぼろぼろになってしまうだろう。

と、そんなふうに出たのである。

これをそのまま伝えるべきか、民斎は迷った。

易者はどうにでも言えるのである。

後半を抜き、「幸せになれるよ」とも言えるし、逆に後半だけ、「そいつと付き合うと、周囲の人がとんでもない目に遭《あ》うよ」とも言えるのである。「やめたほうがいい」とも、「あんたが幸せになればいいんだから、付き合え」とも言える。

易者というのは、かなり危ない商売である。

これで人の運命を左右することだってある。

民斎は考え、結局、出た結果を正直に伝えてしまった。つまり、

「おみずさんは幸せになれるが、周囲の者はとんでもない目に遭う」と。

その周囲には、間違いなく亀吉姐さんは入る。なにせじつの娘なのだ。そして、その亀吉と付き合うかもしれない民斎も入るかもしれない。

「まあ」

と、おみずは言った。

さすがに、単純には喜ばなかった。

「よく考えなくちゃね」

とは言ったが、どう考えてもおみずは、自分の幸せを優先させる気がする。

これは早いところ亀吉姐さんに教えてあげたほうがいい。

——いまから教えに行こうか。

と、思ったところに、

「あのう」

客が前に立った。

若い女である。だが、眉《まゆ》を落とし、お歯黒《はぐろ》をしているので、人妻である。

それにしては、表情や、恥じらい方が、なんだか娘っぽい。

「なんです？」

「占いしてもらいたいんだけどぉ」

「なにを観るかね？」

あまり悩みはなさそうだが、人は見かけによらない。

「うちのお姑《しゅうとめ》さんなんですが、ものすごく怖《こわ》い、鬼みたいな人なんです」

「ま、お姑なんてのは、そういうもんだがね」

と、民斎は言った。

代々意地悪されていて、それを次の代に仕返しをしているのだろう。だいたい、人生の半分くらいは、二十歳《はたち》くらいまでの辛《つら》かったことに対する仕返しでできていたりするのだ。

また、この嫁が意地悪のしがいがありそうな顔をしている。目が大きく、きょとんとしている。童顔でかわいらしい。その分、どこか図々《ずうずう》しそうな感じがする。自分ならかわいいから許されるだろうと踏んで、世渡りしてきた感じがひしひしとする。

苦労が多かったお姑のところに、この嫁が来たら、これはもう理屈を通り越して、なんとしても苛《いじ》めてやりたくなるのではないか。

「それが、三日前から急にやさしくなったんです」

「ほう」

それはなにかある。

「言葉遣いもやさしくなり、あれをしろ、これをしたかと、毎日、口うるさかったのが、まるでなにも言わなくなりました」

「見捨てられたのかな?」

陰ではもう、離縁の準備が行なわれていたりするかもしれない。

「そういうんじゃない気がします」

「子どもができたんじゃないのかい？　孫ができるとなると、意地悪なお姑も急にやさしくなったりするもんだぜ」

「そんな兆候《ちょうこう》はまったくありません。でも、ぜったい、なにか理由があります」

「そりゃあ、なにかあるわな」

「今日は変なものをあたしにくれました」

「変なもの？」

「これです」

と、女はたもとから妙なものを取り出した。

ぴかぴか光る鉄の棒である。棒だが、大きく曲がっている。ちょうど丸い鉄の輪を、半分に切ったかたちである。

大きさはどんぶりの縁《ふち》の半分くらい。太さは小指くらいはあり、そこそこ重い。

「なんだ、こりゃ？」

「わからないんです。でも、大事にしてねって」

「大事に？　なんですかって訊かなかったの？」

「もちろん訊きました。そしたら、それは考えてって」

「ふうん」

民斎はそれを持って、なんに使うか考えてみるが、まるで見当がつかない。

「それ、易者さんにあげる」

「いらないよ」

「じゃあ、買って」

「買うかよ」

気味悪くてたまらないのだろう。

「それで、お姑さまがなにを考えているのか、占ってもらおうと思って」

「なるほど。でも、お姑より、あんたのことを占ったほうがいいんじゃないのか？」

「あたしを？」

「あんたがそのお姑さんのいる家でどうなるかが心配なわけだろう？」

「まあ、そうです」

「だったら、あんたを占うべきだ。そのほうが、ここにいもしないお姑さんを占うより、よく当たるよ」

「わかりました」

と、目の前の人妻はうなずいた。

「名前はおふくです」

「いい名前じゃないの」

「漢字だと富が久しいって書きます」

「ますますいいねえ」

「実家はむちゃくちゃ貧乏でしたけどね」

お富久は皮肉な笑みを浮かべて言った。

「あ、そう。でも、まあ、いまはちゃんとお嫁になれたんだしな」

「いちおうですが」

「家はなにやってんの？」

「商売です」

「だからどんな商売だね？」

「さあ」

お富久は首をかしげた。

「わかんないの？」

「なにか売ってはいるんですが、ぜんぶ箱に入っていて、なにを売ってるかわからないんです」

「なんだ、そりゃ？」

妙な話で、民斎も興味津々《きょうみしんしん》になってきた。

「じゃあ、ちょっと筮竹を一本抜いておくれ」

「はい、これ」

抜いた一本が基本になる。

あとは易者が適当に分けて、何本か選んだりする。面倒なときは、抜かせた一本だけで占ったりする。

「ややっ」

出た結果を観て、民斎も驚いた。

お富久の未来は「真っ赤」だと出た。

——真っ赤ってなんだ？

民斎は思わず、お富久の顔を見た。

三

「なんなのです？」

民斎の顔を見て、ちょっと異様な感じがしたのだろう、お富久は不安そうに訊いた。

「ちょっと待ってくれ」

出た卦を確かめる。八卦というのは、これでいろいろ観るのが面倒なのだ。

だが、やはり方角では南、これは赤を示すのだが、こっちが出る。

頭の中にもはっきり赤い色が広がっている。

「顔相を観せてもらってよいか？」

「はい」

丸顔に丸い大きな目。まつ毛が長いから、ますます目が際立《きわだ》つ。

三歳くらいの女の子の顔をそのまま大きくしたようである。こういう顔の女は、意外に早くからませこけ、したたかだったりするのだ。

だが、たいがいの男たちは、そんなふうには思わず、むしろ気持ちも純粋なのだろうと勘違《かんちが》いしてしまう。だから、この手の女はもてる。

その童顔が、赤い色にかすんでくる。

「ううむ」

もちろんこれは、ほんとに赤く見えるのではなく、民斎の頭が赤を思い浮かべてしまうのだ。

こんなことはあまりない。

占いというのは微妙である。八卦などというのは、外《はず》れることも少なくない。だが、こっちの霊感と、相手の霊感が微妙に合うと、神通力《じんつうりき》みたいなものが通いやすくなるのか、かなり当たったりする。

まったく当たらないと、占いなど馬鹿馬鹿しくてやってられないが、たまにものすごく当たるときがあるから、民斎ものめり込んで、真面目《まじめ》に研究したりしたのである。

もちろん、鬼占いをやれば、完全に的中させられる。だが、あれが占いかというと、微妙なところもあるし、こんな道端で求めに応じてやっていたら、体力を消耗し、夕方には死んでいる。

ただ、お富久と民斎の霊感の相性は悪くない。

だから、これはたぶん当たっている。

「どんな未来なんですか？」

と、お富久は訊いた。

「こんな占いが出たのは初めてだ」

「凄《すご》く悪いんですか？」

「真っ赤なんだよ」

「真っ赤？」

「思い当たることはあるかい？」

「ないですよ」

「血かな？」

「やぁだあ」

「あるいは火」

「だったら火事じゃないですか」

「ほかに赤いのってなんだ？」

「知りませんよ」

「赤い腰巻？　赤いふんどし？」

「なんでそんなものがあたしの未来に出て来るんですか。もう、易者さん、訳わかんない。腕、悪いんじゃないですか」

お富久はぷんぷん怒って帰ってしまった。

「あ……」

半分になった鉄の輪は、置きっぱなしにして行った。

厄介払《やっかいばら》いでわざと置いて行ったのかもしれない。

四

客がいなくなったので、おみずの占いのことを亀吉に教えに行くことにした。

あの占いも外れることはあるかもしれないが、たぶん当たる。なぜなら、平田の強運は間違いないことだし、おみずが平田と結ばれれば、周囲が迷惑するのも容易に想像がつく。

しかも、占いの当たり外れはともかく、おみずが平田にまんざらでもないのは確からしいのだ。

まずはそのことだけでも報《しら》せておくべきだろう。

木挽町にもどり、亀吉の家に行った。

——ん？

見慣《みな》れない男が家の中にいて、くつろいだ恰好《かっこう》で茶などすすっている。

「あれ？　亀吉姐さんは？」

「亀吉？　お天《てん》のことかな？」

「あ、そうです。お天さん」

前におみずから亀吉の本名はお天というのだと教えられていた。

「いま、ちょっと買い物に」

と言ったとき、後ろから亀吉がもどって来た。

「あら、民斎さん」

「お客さん？　また、来るよ」

「いいの。父よ、あたしの」

亀吉がそう言うと、

「父の高畠《たかばたけ》主水之介《もんどのすけ》です」

と、丁寧《ていねい》に頭を下げた。

「お武家さまだったのか？」

民斎は小声で亀吉に訊いた。

「大昔はね。でも、浪人して、いま、当人は学者のつもり」

「学者！」

たしかに賢《かしこ》そうには見える。それと、思いっ切り変人にも見える。

顔自体は、亀吉の父親らしく、渋みのあるいい男である。

だが、着物が三日月の小紋という変な柄《がら》だったり、髷《まげ》がいかにも自分で切ったような、おかっぱに刷毛《はけ》をくっつけたみたいなかたちになっていたりする。

「はい、父さん。食べて」

と、亀吉は経木《きょうぎ》に包んだ握り飯を渡した。

「お、すまんな」

高畠はさっそく食べ始める。よほど腹が空《す》いていたらしく、凄い食べっぷりである。

「十年ぶりくらいにいきなり来て、なんか食わせてくれだもの」

「そうなのか」

「母といい、父といい、家《うち》にはまともな人間はいないのかしら」

と、亀吉は嘆《なげ》いた。

それは鬼堂家もいっしょである。いや、おそらく鬼堂家のほうがひどい。なにせ鬼の末裔《まつえい》である。

「おみずは元気か？」

高畠は、二つ目のおにぎりを食べながら訊いた。

「元気かって、離縁したんでしょ？」

「離縁？　そんなことはしておらぬ」

「え、そうなの？」

「あんな身勝手で突飛な女だが、わしぐらいしか受け止めてやれる男はおるまい」

やけに自信たっぷりである。

「いや、ずいぶんいるみたいですよ」

と、言ってやりたい。

「父さん、いままでなにしてたの？」

「学問に決まってるだろう」

「江戸にはいなかったでしょう？」

「うむ。五年間は富士《ふじ》に籠《こ》もり、その後、五年かけて、長崎《ながさき》から壱岐《いき》、奄美《あまみ》、琉《りゅう》球《きゅう》から八丈島《はちじょう》と、おもに島を旅して来た」

「い、壱岐にも行ったのですか？」

民斎は驚いて訊いた。

「うむ。それがなにか？」

「いや、あそこにはわたしの遠い親戚がいるそうで」

「ほう。壱岐に？」

高畠は民斎に興味を持ったらしく、じいっと見つめた。

「いったい、なんの学問をしてたの？」

「鬼道といって、下手《へた》すると、この宇宙のすべてを司《つかさど》っているかもしれない条理を探る学問だ」

「え？」

これには民斎も驚いた。

まさか鬼道を学問扱いして研究している人がいるとは思わなかった。たしかに祖父の順斎なども学問だというが、どう見てもあれは、鬼のツノの残滓《ざんし》のような、危ない呪術みたいなものなのに。

高畠にはいろいろ訊いてみたいが、それにはこっちの秘密も明かさなくてはならない。そこは慎重を要するところである。

「ねえ、民斎さん。お願いがあるの」

民斎にだけ聞こえるように、亀吉が小声で言った。

「なんだな」

「いまは、母さんに会わせないほうがいいと思うの」

「うむ。わしもそう思う。なにせおみずさんはいま、恋をしているからな」

「恋？　まさか民斎さんと？」

「馬鹿言ってはいけない。平田という町方の与力だ」

「口の臭いとかいう人？」

「おみずさんのおかげで臭くなくなったんだ」

「まあ」

「とにかく、しばらくこっちに来ないように言っておこうか」

「ぜひ」

そういうわけで、民斎は尾張町にある飲み屋〈ちぶさ〉に向かった。

おみずは、店の掃除《そうじ》をしたり、煮物《にもの》をつくったりしているところだった。いちおう、こういうちゃんとしたこともできるのだ。

「おみずさん」

「あら、民斎さん。なあに？　あたし、あんな占いをされて悩んでたところよ」

よくもぬかすものである。たったいま、雑巾《ぞうきん》をかけながら、鼻唄をうたってい
た。

「うむ。悩むべきでしょうな。もっともっと、悔恨《かいこん》のあまり死んでしまいたくな
るくらいに」

「やあね」

「おみずさん、平田と恋なんかしてる場合じゃないですぞ」

「どうして？」

「いま、亀吉さんの家に高畠主水之介さんが来ている」

「えっ」

これにはおみずも、思わず雑巾で顔を拭《ふ》いたほど驚いた。

「高畠さんはおみずさんを離縁したつもりはないらしいですぞ。それどころか、
おみずさんにまだべた惚《ぼ》れみたいで」

民斎は、意地悪な気持ちで大げさなことを言った。

「それは困るわよ」

「でしょうな」

「民斎さん、余計なこと言ってないでしょうね」

「余計なことってなんですか」

「とぼけないで。平田さまのこととかよ」

「いくらわたしでも高畠さんが可哀そうで言えませんよ」

「ああ、もう、どうしたらいいのかしら」

そんなこと、民斎の知ったことではない。

「とりあえず、しばらくは亀吉さんの家には寄りつかないことでしょう」

「わかったわよ」

おみずは困った顔でうなずいた。

五

翌朝のことである——。
民斎が珍しく早起きして出かけようとしていたら、三十間堀を挟《はさ》んで対岸の西《にし》豊玉河岸《とよたまがし》のほうでなにやら騒ぎが起きていた。

朝っぱらからあまり面倒なことにはかかわりたくないので、対岸に渡らず木挽町のほうを南に向かって歩いていると、

「易者が殺された」

という声が聞こえて来る。

――易者がねえ。

どうも他人《ひと》ごとではないような気がする。

やはり気になって、向こう岸に渡った。

近くの番屋から人が出て、野次馬に下がるように怒鳴《どな》っている。

民斎はあまり近づかず、死体を見た。まだ筵《むしろ》もかけられていない。

易者は血を流して倒れている。どうやら胸を一突きされたらしい。

周囲には筮竹が散らばっている。象牙《ぞうげ》のいいもので、買えばかなりの値段がするはずである。

「どいた、どいた」

定町廻《じょうまちまわ》りの同心で平田の子分でもある犬塚伸五郎が、中間《ちゅうげん》や岡っ引きを連れて駆けつけて来た。

犬塚はいろいろ懐《ふところ》を探っていたが、

「なんだ、これは？」

と、首をかしげながら取り出したのは——なんと、あの鉄輪(かなわ)が半分になったやつではないか。

そこへ、おみずも駆けつけて来た。

野次馬として立っている民斎を見て、

「あら、よかった。易者が殺されてるというから、まさか民斎さんかと思って」

ホッとしたように言った。

「生憎《あいにく》でしたね」

「やあね。でも、あの人、殺されたのね」

「知ってる人ですか？」

「あたし、昨日、観てもらったばかりなの」

「昨日？」

「だって、亭主は出て来るし、民斎さんの卦もなんかはっきりしないし」

こういう人は、いいことしか聞く気がないのだ。つまり、占って欲しいのではなく、未来についてのおべんちゃらが欲しいだけ。

「それで、なんて言われたんです？」

「亭主とは別れるべきだと」

「ふうん」

それはだいたいの事情を聞けば、占わなくてもそう言う。おみずを見れば、なにか大騒ぎを引き起こしそうである。

「でも、無理やりあんたのほうから別れると、亭主は怒ってとんでもないことをするだろうって。ついては、別れさせるためのまじないがあるが、買わないかと言われて」

「まさか、半分になった鉄の輪じゃないでしょうね？」

「そう。〝輪《わ》かれ輪かれ〟っていうんですってよ」

「〝輪かれ輪かれ〟！」

それでお姑がお富久に与えたのだ。

もちろん息子と離縁するためのまじないとしてである。

「ただ、けっこう値が張るので、考えて、また明日来るって、返事しといたのだけど」

「易者、死んじゃいましたね」

「ほんと」

「これじゃあ恋の前途もたかが知れてるでしょうね」

「やあね、民斎さん」

おみずはぷんと横を見て、去って行った。

六

——お富久の家とかかわりがありそうだ……。

そう思ったが、お富久の家なんかわかるわけがない。

なんとか探したいが、どうやって探そう？

鬼占いをやればたぶんわかる。

だが、いろいろきな臭いことが多くなっていて、いつ、なにが起きるかわからない。体力は温存しておきたい。

あらためて殺された易者をじいっと見た。

すると、散らばった筮竹が一本、こっちのほうに飛んで来ているのに気づいた。あと二、三歩前に行けば拾える距離である。

ああいうものには、たいがいつくった店や人の名が刻《きざ》んであったりする。そこで〝輪かれ輪かれ〟も売っていたりするのではないか。

だが、衆人環視の下で落ちている筮竹は拾いにくい。

咄嗟《とっさ》に案が浮かび、民斎はさりげなく自分の筮竹をこぼした。

「おっといけねえ」

自分のを拾うふりをして、死んだ易者の筮竹も拾った。

いそいそと刻まれた名を見る。

「ちぇっ」

思わず舌打ちした。民斎がいろいろ買うところと同じ店だった。あそこでは、〝輪かれ輪かれ〟なんか売っていない。

——待てよ。

易者にはいくつかの流れがある。誰でもやれるが、いちおう八卦や手相などの観方があって、それを習うところがある。数は多いが、それでも手がかりになる。

殺された易者の台を見ると、〈金竜学派易団《きんりゅうがくはえきだん》〉と書いてあるのが見えた。

金竜学派というのは知らないが、易者がいっぱいいるところに行って探せば見つかるはずである。

易者が大勢いるのは、なんと言っても両国広小路《りょうごくひろこうじ》。あそこは、花が咲いたみたいに易者がいる。

両国広小路に向かった。

――うわぁ、いるいる。

いつもいっぱい居過ぎて、民斎はこんなところには座らない。

一人ずつ見ていくと、五人目に金竜学派がいた。まだなりたてではないか。二十四、五くらいの若い易者で、こんな奴《やつ》に人生を語らせたくない。

もっとも、民斎も易者の中では相当若いほうだが。

「ちと、訊きたい」

民斎が声をかけた途端《とたん》、

「わっ、貴様《きさま》か。我らにいちゃもんをつけているのは？」

と、いきなり台をひっくり返して逃げようとした。

「そうじゃねえ、そうじゃねえって」

民斎は追いかけ、この男を組み伏した。

「馬鹿野郎。こんな往来でみっともねえことをやらせるな」

あっという間に人だかりができてしまう。

「喧嘩《けんか》じゃねえよ。さっさと行っちまいな」

と、民斎は野次馬たちを手で払うようにした。

「〈神島易団《かみしまえきだん》〉の易者じゃないんですか？」

「神島易団？」

どきりとした。

「おれたちと揉《も》めてるという？」

「違うよ」

と言ったが、民斎はじつは神島易団である。元山伏の開祖が、神島と呼ばれる南方の島で修行をつづけたため、そう呼ばれるようになった。

「わしは違うが、学派同士の抗争でもあるのかい？」

と、民斎はしらばくれて訊いた。

「抗争というより、向こうがいちゃもんをつけてるんです。神島易団が、うちのまじないの道具をくだらないと」

それはいちゃもんではなく、親身な忠告だろう。じっさい、神島易団では、まじないの道具などはくだらないと否定する傾向がある。

「その道具ってのは〝輪かれ輪かれ〟のことか？」

「そうです」

「その道具はどこで仕入れるんだ?」

「本所相生町《あいおいちょう》にある〈野呂井屋《のろい》〉って店です。そこは、五寸釘《ごすんくぎ》の一揃《ひとそろ》えなど、呪《まじな》いの道具を売っていて、いちおううちの学派と提携しているんです」

なにが提携だよ、と言いたい。

要は、悩みのある人たちを騙《だま》して、くだらない小道具を買わせているだけである。

「気をつけたほうがいい。今日の朝、金竜学派の易者が、西豊玉河岸で胸を一突きされて殺されていたぜ」

「えっ」

若い易者は真っ青になっていた。

七

民斎は本所相生町にやって来た。

その野呂井屋というのは、おそらくお富久の嫁ぎ先なのだろう。凄い偶然のようだが、要は易者関係の狭い世界の騒ぎなのだ。

野呂井屋はすぐに見つかった。

間口は小さいが、けっこう客の出入りが多い。山伏だの、易者、神主なども出入りして、木の箱に入ったものを、三つ、四つと買って行く。

お富久は「なにか売っているが、ぜんぶ木の箱に入っているのでわからない」と言っていたが、それはこのことだったのだ。

神具というより、呪いの小道具。とても大っぴらに売れるものではないし、あのおしゃべりな嫁には秘密にしてあるのだろう。

隠れてみていると、二階の窓が開き、お富久が顔を出した。

退屈そうに下の通りや、竪川の舟の往来などを見ている。

今日はどこをふらつこうかという顔である。

案《あん》の定《じょう》、お富久が手提《てさ》げ袋を提げて店先に現われた。

「行って来ます」

「あんまりふらふらするんじゃないよ」

そう言いながら出てきたのが、お姑だろう。お富久の後ろ姿を、まったくしょうがない嫁だというような目で見ていた。

民斎はお富久の後を追った。

両国橋のほうへ向かうらしい。

人混みにまぎれて先回りすると、急いで橋のたもとに台を置き、お富久が来るのを待ち構えた。

「これこれ、そこな娘」

「あたし娘なんかじゃないわよ……あ、昨日の易者」

「嫌な顔をするでない。ここで偶然会ったのは、よほど深い縁でもあるのだろう」

「やあね」

「だが、昨日の観立てで思い当たることがあっただろう？」

「全然」

「そうかのう。そなたの家はなにか面倒を抱えているように見えるのだが」

天眼鏡《てんがんきょう》を前に出しながら言った。

「え」

思い当たることがあるのだ。

「ううむ。かなりの面倒ごとらしいな」

「じつは、昨日、帰ってからわかったんだけど、うちの店、変な人に狙《ねら》われているらしいんです」

「変な人?」

「そう。なんか、変な小道具を使ってお得意さんを取られたと、うちの商売を逆《さか》恨《うら》みした人がやって来て、怒鳴り散らしたりしてるみたいなの」

「やはりそうか」

と、民斎はうなずいた。

「うちの人たちは皆、怖がってるみたいよ。昨日、来たときは、次は誰か一人を殺して、お前のところに火をつけてやると脅《おど》して行ったみたい。用心棒を雇おうかとか言ってたけど、そんなことするわけないのにね」

「いや、そいつはするぞ」

民斎は強い口調で言った。

現に、昨夜、西豊玉河岸で易者が一人殺されている。逆恨みの男はそれを予告していたのだ。であれば、次は野呂井屋に火をつけるだろう。

「その逆恨みしてる男というのは、何人もいるのか?」

「ううん。あたしがちらっと見た限りでは一人だけ」

「なるほど」

別に神島易団が大勢で金竜学派や野呂井屋を逆恨みしているわけではないのだろう。

「お富久。わしを家に連れて行け」

「え？」

「凄く当たる易者に、お前の家は火を付けられると言われたとな。それで、わしが火付けから守る策を教えてやる」

「まあ」

お富久は民斎の言うことに従った。さすがに火付けのことは心配していたらしい。

八

「というわけで、いま、このご婦人の顔相や手相を観て、この家に危難が迫っているのを知ったわけじゃ」

民斎は野呂井屋の店先でそう言った。

「はあ」

店主と若旦那――これがお富久の亭主である――は、驚きながら民斎の言うことを聞いた。それはそうだろう。すべてわかっていることをしゃべったのだから。

「すでに一人は殺されているはずだ」

「はい。さっき報せてくれた人がいました。京橋《きょうばし》南のほうで、うちで品物を仕入れていた易者さんが殺されたと」

「やはりな。それで、次はここに火付けをするつもりだぞ」

「なんと」

店主と若旦那は真っ青になっている。

「だが、その危難を避《さ》ける方法はある」

と、民斎は言った。隠密同心としても、火付けなどは防がなくてはならない。

「なんでしょうか？」

「家を真っ赤にすることだ」

「家を真っ赤に？」

店主と若旦那は、唖然《あぜん》として顔を見合わせた。

「さよう。火の赤には、色の赤で対抗すること。これで火付け、火事は免《まぬが》れるぞ」

じつは、この対処法は神島易団の基本中の基本なのだ。

相手はおそらく気がおかしくなった神島易団の易者だろうが、それくらいは知っているはずである。赤いところに赤い火をつけようとすると、たちどころに自分が炎に包まれることになる。もっともこれは神島易団の一説で、本当にそうなるかどうかは、民斎も知らない。

「わかりました」

「さっそくやりましょう」

野呂井屋の店主、若旦那に手代数人が、店先から家の中まで紅を塗ったり、赤い紙を貼ったり、二階の窓辺には赤い腰巻を下げたりして、たちまち家を真っ赤にしてしまったのである。

「これをいつまで?」

「そやつが捕まったら大丈夫だろう」

「ありがとうございました」

民斎はしきりに感謝され、ひとまず奉行所にもどることにした。易者殺しの下手人についても、犬塚に伝えておくべきだろう。

——そうか。これが見えたのか。

民斎は納得した。昨日、お富久を占ったときに見えた「真っ赤」は、なんのことはない、自分がするであろう提案だったのだ。


翌日——。

民斎が野呂井屋に来てみると、事件はほぼ解決していたのである。ただ、一点、奇妙な疑問を残して。

とりあえず、

「いやあ、あなたのおかげで助かりました」

と、店主たちから感謝された。

「まさか、もう来たのかい？」

「はい。つい一刻（約二時間）ほど前です。あいつがやって来まして、うちが真っ赤になっているのを見ると恐れおののきまして、急に逃げ出したのです」

「ほう」

「うちもひそかにここらの岡っ引きの親分に見張っていてもらったので、その親分たちが追いかけました」

「捕まえたかい？」

「いえ、あいつはなんと両国橋まで逃げると、観念したのか、橋の上からぽーんと」

「身を投げたのか？」

「はい。まだ遺体は見つかっていないようですが、おそらく溺れて下流に流されているのだろうということです」

「そうか。捕まえることはできなかったか」

民斎もそれは残念だったが、ひとまず多くの謎は明らかになったのである。

だが、そこで店主が驚くべきことを言ったのだった。

「まあ、あいつの名前もわかってますし。あいつは神島易団の易者で、鬼堂民斎という男でした」

おんなの釣り

一

——どうも訳のわからないことに巻き込まれつつある……。

鬼堂民斎は嫌《いや》な気持ちである。

〈金竜学派〉という易者の一派が、〈神島易団〉の易者に恨《うら》まれ、襲撃されている。しかも、その易者は、自ら「鬼堂民斎」と名乗ったというのだ。

贋《にせ》鬼堂民斎が死んだかどうかはわからない。が、民斎を騙《かた》るくらいの奴《やつ》だから、大川に落ちたくらいでは死なないのではないか。本物としてはそう思いたい。腐っても鯛《たい》、贋者でも鬼堂民斎と。

いま、民斎に妙なことを仕掛けてくる奴らと言えば、波乗一族の連中か、平田源三郎たちだろう。

どっちかと言えば、波乗一族のほうが怪《あや》しい。

それにしても、いったいなにが起きているのか、もう少しわかりやすく教えてくれる者はいないのか。

うんざりした気持ちで、民斎はとりあえず木挽町の長屋にもどって来た。

ちらりと亀吉の家をのぞくと、戸が開いていて、亀吉の父・高畠主水之介が本を読んでいるのが見えた。ああいうところを見ると、なかなか賢《かしこ》そうで、とんでもない妻女に騙《だま》されているようには見えない。

「あ、どうも」

目が合ってしまったので、つい頭を下げた。

「これは、これは、ええとお名前はなんとおっしゃったかな？」

「はあ、鬼堂民斎と申します」

「なに、鬼堂！」

高畠は、座ったまま、少し後ろに逃げるようにした。

よもやこの人も、鬼堂家の、ずっと前からの敵とか言うのではないだろうな。だとしたら、亀吉姐《ねえ》さんとの仲は、ほぼ絶望的になる。いくら亀吉でも、先祖代々の敵と恋仲になったりはしない。

「はあ、それがなにか？」

「そういえば、おぬし、壱岐に親戚がいると言っていたが？」

「なあに親戚と言ったって、わたしはろくに会ったこともないのですよ」

「ふうむ」

「だが、わたしが鬼堂という名前だと、なにか問題があるのですか？」

「問題というより、希望ですな」

「希望？」

「いや、この先この国に押し寄せるであろう未曾有《みぞう》の危機に対し、守ってくれるのは鬼堂家に伝わる鬼道《きどう》ではないかという説があるのです」

「ははあ」

また、話がうさん臭くなってきた。

「では、鬼堂さんは江戸生まれ？」

と、高畠が訊いた。

「江戸生まれです。生粋《きっすい》の江戸っ子ですよ」

「もしや、お知り合いに平田という名前の人物はおられないか？」

「平田……」

それは、あんたの女房といま、汚らしい関係になろうとしている男だよ、と言いたいが言えるわけはない。

「ええと、いるような、いないような」

と、とぼけた。

「その平田という人に会ったら、大事にしたほうがいいですぞ」

「大事にって、いっしょに布団《ふとん》に入れとか？」

そうなったら、生きていく勇気まで失いそうである。

「いや、そこまでは考えなくてよい」

と、高畠は笑った。

「なんなんです、その平田というのは？」

民斎はとぼけて訊《き》いた。

「鬼堂家の上位にある一族です」

「上位……」

そりゃあそうだろう。向こうは桃太郎で、こっちは鬼なのだから。

「かつて、平田家と鬼堂家は戦ったことがあり、鬼堂家は敗れて、永遠に下で働くことを誓ったのです」

「どうして、そういうことを誓うかね。その代だけの話にしておきゃいいじゃないですか？」

「ところが、そのほうがむしろ鬼堂家には都合がいいのですよ」

「なんで？」

「周囲に敵がいないときは、平田家は鬼堂家を苛《いじ》めることを楽しみみたいにしていますが、これがいったん黒潮《くろしお》派の力に押されるときは、平田家の者たちが守ってくれるのです」

「なんですか、それは？」

民斎は呆《あき》れた。非常に歓迎したくない発言である。

「いやいや、わたしの話には大きな背後の流れがあって、いま言ったのはここ数百年の話です。多少、揺らぎが現われるのは仕方がない」

「…………」

この御仁《ごじん》はなにを言っているのだろうか。

「そもそも！」

と、高畠主水之介は持っていた書物で、膝《ひざ》をぱしっと叩《たた》いた。ほとんど講釈師である。

「わが国は古来、三つの勢力のせめぎ合いのなかで、人間たちは戦い、押しつ押されつしてきた」

「あ、そういえばわたしは用事があったんだ」

民斎は厄介《やっかい》な話になりそうなので、逃げ出そうとした。

「用事など、どうでもいい」

　高畠はぴしゃりと言った。

「どうでもよくありませんよ」

「人は、津波が来ようというとき、あるいは噴火の火の粉が飛んで来ようというとき、納豆《なっとう》をかき混ぜたりするか？　あるいは、足袋《たび》の穴をつくろったりするか？　どうせ、おぬしの用事などは、その程度のものだ」

「では、父上の話は？」

「父上？」

「いや、亀吉さんのお父上の話は、津波や噴火に匹敵すると？」

「そういう話だ」

「はあ」

　民斎は、その自信に満ちた態度に押され、つい高畠の前に座《すわ》ってしまった。

「そもそも大陸のどん詰まり、東の果てにあるわが国のかたちからして、人の流れは三方から入り込むのは必然だった。すなわち、北から入って来る者、南から北上して来る者、そして西から来る者。この三者だ。東からは来ない。東から来るのはお天道《てんとう》さまだけだ。だから、お天道さまが神と崇《あが》められるようになった」

「いかにもの話ですな」

民斎は思わず言った。

「この三つの勢力は、時代によってさまざまに呼び名まで変わったりする。ときにくっついたり、裏切ったりする。あるいは結びついて、流れがもたらす力を失ってしまったりする。だが、体内に流れを持たぬ者は、淀《よど》み、腐《くさ》っていく。だから、また三つの流れが動き出す。わしは、こうした動きを、富士の上から眺《なが》め、海を渡りながら確かめ、さらに数々の島々の歴史の中から探って来た。ここまではどうじゃ？」

「ははっ」

大げさな言いようだが、まあ、国のかたちとか人の流れということでは、そんなものだろうと民斎もわかる。

「だが、こうした流れは地形がもたらしたものだ」

「だったらどうすることもできませんな」

「ところが、その地形そのものが変わろうとしていると言ったら？」

「は？　どういうことです？」

「だから、大地が変動し、この国のかたちが変わるかもしれないというのだ」

「いつ？」

「それはわからぬ。だが、大地が動くのだ。一朝一夕《いっちょういっせき》には変わらぬ。まあ、そろそろ動き出して、三百年から五百年はゆうにかかるだろうな」

「そりゃ、また」

「だが、人はしょせん、こういう大きな流れの中で生きるのだ。定住したなどとは思わぬほうがいいぞ。人はしょせん、流浪《るろう》の民《たみ》なのだ」

「はあ」

「変動し、どう変わるかというと、おそらく東に延びる」

「東に延びる？」

「さよう。わが国は、大陸沿いに弓なりに長くなっているよな」

「そう言われれば、そうですね」

「これが東に延びるのだ」

「延びるということは？」

「大地が隆起すると思いたい。が、おそらく東に向かって沈む」

「沈む？　大地が？」

　この御仁はなにを言っているのだろう。

「馬鹿者。大地というと、固まったまま動かないなどとは思うなよ。この大地もまた、ゆっくりだが動き、変形していくのじゃ」

「…………」

「古来、人は神話の世界においても、この大地をどろどろに溶けたものとして表現してきた。その見立てこそ正しいのだ。いまの人間は束《つか》の間《ま》の安定に慣れ、生きものとしての感覚を失ってしまっているのだ」

「たしかにそうかもしれません。先生の」

いつの間にか先生になった。

「先生のおっしゃる大きな御説は、わたしにもなんとなく納得がいきます」

「それを理解できるとは、馬鹿ではないな」

高畠は偉《えら》そうに言った。

「だが、それに鬼堂家や平田家はどうからんで来るのです？　わたしはそっちのほうが知りたいのです」

民斎は思わず揉《も》み手《で》をしながら訊いてしまった。

「つまり、平田家は北からの一族。鬼堂家は西からの一族なのだ」

「ははあ」

「だが、数百年前に、北からの一族にきわめて力のある者が現われ、西から来ている鬼堂家とその一派を征服した。その戦乱の歴史はお伽噺《とぎばなし》に変形し、桃太郎伝説となっている」

「なるほどね」

「さっきも言った、平田家と鬼堂家の関係もそういうことだ。だが、近ごろの流れは、どうもこれに南からの力、わしは黒潮派と呼んでいるのだが、それがからんで来て、微妙なことになっているらしいな」

「そうですか」

と、民斎はとぼけた。だが、高畠の話でずいぶん状況がわかってきた。

「ところが、いまはそんな小さな戦いをしている場合ではない」

「小さいのですか？」

と、民斎は訊いた。充分、途方もない話のような気がする。

「小さいだろうが。大地そのものが動いて、沈んだりするときに、やって来た方角にこだわって戦っている場合か」

「そうか。大地が変動するのですね」

「さよう。だが、このこともおそらく大昔の人は肌で察知していた。そして、その危難を乗り越えるための学問を構築した。それを成し遂げたのは、鬼堂家の人で、それこそがすなわち鬼道《きどう》というものなのだ」

「………」

出たよ、鬼道。学問。民斎はどうしても腰が引ける。

「そして、平田家も黒潮派も、その鬼道について知りたいのだ。おそらく薄々と、大地の変動を予感しているのだろうな」

「ははあ。だが、平田の家なんか、力があるのですか？　凄《すご》い馬鹿に思えますが」

「そなた、さっき、平田という名の者はたいして知らないと」

「いや、いま、一人思い出しました」

高畠は、慌《あわ》てて言い訳した民斎を、うさん臭そうに見て、

「平田家というのは、関ヶ原では失敗したが、いまの幕府においてかなり力を持っているのだ。いちおう縁者である徳川《とくがわ》——これはまあ、仮の名だがな、その徳川が権力の中心にいるが、肝心なところは平田家の血につながる者が押さえている。たとえば、いまの町奉行所にしても、与力の地位にある者は、たいがい平田家の縁者なのだ」

と、言った。

「そうなので」

これは大変なことになってきた。平田があんな無能なくせにでかい顔をしていられるのも、そういう理由だったのだ。

「いまの南町奉行である矢部駿河守なども、たぶん家系図を辿《たど》ると、平田の家につながる」

あいつの力は悪運だけではなかったらしい。

「なんでまた、そんなに力があるんですかね？」

「どうも平田家というのは、独特の毒を持ち、それが邪気を払ったり、武器になったりするらしいな」

と、高畠は言った。

「毒？　もしかして、その毒は臭《くさ》いですか？」

民斎はどきどきしながら訊いた。平田の核心に迫っていくような気がする。

「臭いかって？　そりゃあ、平田家の者なら、強烈な毒素をつねに吐き出しているだろうから、臭いのではないかな」

「…………」

なんと、平田の口臭は、毒素のせいだったのだ。

「では、平田家の者は、臭いのを消したりしてはいけないのでは？」

「そりゃそうさ。臭いのには理由があるのだ。もし、その臭いを消せば、力もまた失われる。だが、それは鬼堂家にとって、いいことかどうかはわからぬぞ」

「そうですかね」

平田の力がなくなれば、こんないいことはないではないか。おみずさんは、なんと素晴らしいことをしてくれたのだろう。

と、そこへ――。

「あら、民斎さん。来てたの。いっしょにおにぎり、食べる？」

と、亀吉が帰って来た。

どうやら、昼飯を買いに出ていたらしかった。

二

午後からになったが、民斎はいちおう易者として町に出ることにした。

とはいえ、あまり遠くにも行きたくない。どこか近くでぼんやりしたかった。

そこで木挽町の裏手のほうに向かった。

このあたりは、急に光景が一変する。賑《にぎ》やかな町人地から、いきなり静まり返った武家屋敷の町に変わる。

そのあいだを流れるのは、築地《つきじ》川と呼ばれる堀で、ここからさらに分かれた小さな掘割もあったりする。

見ると、木陰に入って、釣り糸を垂《た》らしている若い女がいた。

どうも武家の女、着物のようすからすると、大名屋敷あたりの女中をしている女ではないか。

近ごろは、女の釣り師もそう珍しくない。だが、こんな武家屋敷に囲まれた掘割で釣り糸を垂らすのは珍しい。

民斎はそっと後ろに寄った。

釣れているのかどうかはわからないが、この掘割も大川には通じているし、潮も流れ込んで来るし、釣りには適しているはずである。

なかなか浮きが動かないので、民斎はちょっと離れ、橋が架《か》かったあたりに看板を出し、腰を下ろした。本職の易者なら、まず座らないところである。

民斎はぼんやり座りつづけた。

高畠が言った、くらくらするほど大きな話も反芻《はんすう》してみる。

この国は、東に向かって大地が沈んでいく？

途方もない話だが、しかし、たぶんそれは本当のことなのだ。そして、それがいよいよ動き出したというのも。だから、このところしょっちゅう地震が起き、鬼堂家の秘宝とも言うべき水晶玉が地震に反応するのだろう。

——ん？

気づいたら、前に一人の女が立っていた。

「易者さん？」

女が訊いた。

「ええ」

「占ってもらおうかしら」

顔を上げると、いま、そこで釣り糸を垂らしていた女ではないか。

「なにを占います？」

「あたしね、いま、釣りをしているの」

「はい」

釣り竿《ざお》はない。そこに置いたままにしてきたらしい。

「でも、釣れるわけないと思うの」

「は？」

「餌《えさ》をつけてないから」

それではどんなにいい釣り場でも、釣れるわけがない。

「あたしはたぶん、伝説の太公望《たいこうぼう》でもないと思う」

「なるほど」

かつて唐土《もろこし》では、太公望が胸に野心を秘めつつ、釣りをしながら機会を待った。そしてついに、文王《ぶんおう》が通りかかるという逸話である。

「でも、あたしはここで釣りをしてなくちゃいけない。不安なの。いったい、なにが釣れるのか、占ってもらえません？」

女の顔は真面目《まじめ》だった。

三

「釣りをしてなくちゃいけないということは、誰かに命じられているわけだな？」

と、鬼堂民斎は女に訊《き》いた。

「そう。あるじに」

「このあたりの屋敷のお女中か？」

「そこのね」

川べりには大きな屋敷が何軒か並んでいた。女は真ん前の大名屋敷を指差した。

「もちろん占うのはいいが、ちと、あんたの釣りをしているようすを見せてくれ」

「わかりました」

と、女中はさっき座っていたところにもどった。

目をもどすと浮きがずいぶん動いていた。

潮の流れが変わったのだ。この築地川は、潮の満ち引きでまるで反対の流れになったりする。

大名屋敷の中には水路を引いているところもあった。浮きはのんびりと水路に流れ込んでいく。

「糸はずいぶん長くしてたんだな」

「仕掛けもあたしがつくったんじゃないの」

「釣りは初めてじゃないだろう？」

「そう。おとっつぁんが近くの網元《あみもと》だから、漁にも行ったことがあるくらいなの」

ということは武家の娘ではない。近所の娘が行儀見習いのように大名屋敷に入ったのだ。

「あ、浮きが」

民斎がいつの間にかもどってきていた浮きを指差した。凄い勢いで上下している。まさに魚がかかったときの動きである。

「引いてるぞ！」

と、民斎も思わず叫んだ。

「餌もつけていないのに？」

女中がびっくりして言った。

強い引きである。竿が大きくしなった。

「大丈夫か？」

ばらされてしまうのではないか。

だが、女中はなかなか巧《たく》みに竿を操《あやつ》り、ゆっくり獲物を引き寄せた。

「網はあるか?」

民斎が訊いた。

「そこに」

民斎はその網を摑《つか》んで、川沿いに腹這《はらば》いになり、近づいて来た獲物をすくった。

「鯉《こい》だ」

と、民斎は言った。しかも、見事な錦鯉《にしきごい》である。

ここらは潮が入るが、鯉もいないわけではない。潮が濃くなると、淡水のほうへ逃げて行ったりしてるのだろう。だが、いま、ここに来ている水は海水ではないか。

網ごと渡すと、女中はそれを受け取り、

「なんで鯉が?」

と、首をかしげた。自分でも訳がわからないらしい。

「どうするんだ?」

民斎は訊いた。

「釣ったものはすぐに持ち帰るように言われてるの」

そう言って、女中は前の屋敷にもどり始めた。

「うん。じゃあな。占うまでもなかったな」

民斎もなんだか呆気《あっけ》に取られた。

四

翌日──。

民斎は昨日の釣りのことが気になって、同じところに座った。

あれはなんだったのか。

あのあと、鯉が釣れたあたりをよく眺《なが》めたのだが、女中が働く屋敷の隣の屋敷は、直接、小舟が出入りできるように、塀《へい》のあいだが水路の分だけ切り取られていた。どうもあの鯉はそこから出て来たような気がする。

ということは──。

何者かが、あの女中に鯉を釣らせるため、塀の陰で糸をたぐり上げて餌のない針にあの鯉をつけ、築地川に放したのではないか。

大名屋敷はたいがい池をつくっている。観賞用としてだけではなく、水不足や火事に備えて、水を溜《た》めているのだ。おそらく錦鯉はそこで泳いでいたものだろう。

——妙な話だ……。

思案をめぐらしていると、

「易者さん……」

なんと、あの女中がやって来た。

「よう。昨日のお女中ではないか。今日も釣るのかい？」

「ううん。もう、終わり。鯉が釣れたからいいんだって。でも、どうにも気になるの」

「昨日の釣りのことかい？」

「ええ。自分がわけのわからないことをやらされたと思うと、すごく嫌なの」

女中は憮然《ぶぜん》とした顔で言った。

「その気持ちはよくわかる。だが、世の中ってのはそういうもんだぜ。なにかの運命にわけもわからずやらされているようなものなのさ。人生ってのは」

ほんとにそう思うのである。

自分で選んだつもりでも、じつは選ばされてるのかもしれない。

「そんな大きな話をしてるんじゃないわ。なぜ、自分の屋敷の池に鯉がいるのに、わざわざ錦鯉を釣らなくちゃならなかったの？」

「え？　お女中の屋敷にもいるのか？」

「うじゃうじゃ泳いでいるわよ」

女中は、両手の指をくねくねさせるようにして言った。それがいかにもうじゃうじゃいる感じがする。

「隣の屋敷の池にも？」

「そっちもうじゃうじゃ」

「そりゃあわけがわからないな」

「でしょう。易者さん、占って」

と、女中は手を合わせて拝《おが》むように言った。若い娘に拝まれるのは嬉《うれ》しくないことはない。爺《じじ》いや婆《ばば》あに拝まれると、「おれはまだ死んでない」と言いたくなるが。

「なにを？」

「だから、あたしがやったことの真相を」

「そ、それは」

「占えないの？」

「そんなことはない。森羅万象《しんらばんしょう》、占いでわからぬことはない。だが、これはかなり変わった依頼でな。そもそも運命を占うというより、謎解きではないか」

「同じようなものでしょ。運命を観《み》るってことは、人生の謎を解くことでしょう」

「そりゃまあそうだが」

なかなか口の達者な娘である。

「うーむ。では、こうしよう」

と、方法を思いついた。

「どうするの？」

「わしが、どっちの池にもうじゃうじゃ鯉がいるのに、それでも鯉を欲しがるわけを三つ考える」

「三つも？」

「その三つのうち、どれが当たっているかを占う」

「へえ。どれも当たってなかったら？」

「それでも、どれかに近いような易が出るものなのだ」

「じゃあ、考えて」

「急には無理だ。明日までに考えておくから、またいまごろここに来られるか？」

「わかりました。楽しみね」

女中はそう言って、足早にもどって行った。

民斎、思いつきを口にしてしまったが、あんな奇妙な謎解きを三つも考えるなんて、容易なことではない。

五

夕方、一度、八丁堀の役宅に立ち寄り、例の水晶玉を預かってきた。高畠主水之介の話を聞いて、じっくりあの水晶玉のことを考えてみようと思ったのだ。

木挽町の長屋にもどって来ると、頭の上で、

「ホッホウ、ホーウ」

と、ふくろうの福一郎が鳴いた。

――さっそくこの玉を狙った敵か。

と、緊張したが、それほど切羽《せっぱ》詰まった感じではない。ただ、いい鳴き方ではないので、またろくでもないことが起きているに違いない。

警戒しながら家の戸を開けると、意外な男がいた。

肌がきれいながまがえる。この世で最悪の性格の持ち主。

平田源三郎が、図々しくも頬杖《ほおづえ》をついて寝そべっていた。

「またか」

民斎は刀に手をかけた。

「よせ、民斎。今日は違う」

平田は慌てて両手を前に出した。

「なにが違う？　あんたの都合で戦ったり、茶飲み話をしたりするつもりか」

「訊きたいことがあって来ただけだ。おみずさんはお前のところに来てないか？」

平田は真面目な顔で訊いた。

「なんでわたしのところに？」

「どうもお前のことが好きだったみたいだから」

平田の顔に嫉妬《しっと》の色が浮かんだ。

いつも民斎が平田に嫉妬していたので、これは気持ちがいい。

「くだらぬ邪推《じゃすい》はよせ」

「おれはあんなに不思議な魅力を持った女とは初めて会った」

平田は苦しげに言った。

「………」

正気なのか。

だが、あんなに訳のわからない女もそうはいないから、あれが魅力に見えたなら、平田の感想もあり得ることだろう。

「とはいえ、あいつに翻弄《ほんろう》されるつもりはない。おれに惚《ほ》れる女はほかにいくらもいるからだ」

「それは、それは」

「おとなしくおれに身をまかすなら、おれも惚れてやる」

「………」

世の中にこんな無茶苦茶な言い分があるのか。

「もし、おみずに会ったら、そう伝えてくれ。いいな」

平田はそう言って、肩で風を切るように出て行った。


布団に入ると、また福一郎の鳴き声がした。

うんざりしたような鳴き声で、それで察しがついた。

案《あん》の定《じよう》、ひたひたと足音がして、民斎の家の前で止まった。

「民斎さん」

女の声が呼んだ。

おみずの声である。開けないとうるさいので、急いで開けた。

「なんですか、こんな遅くに」

「だって、平田が」

謝りもせず、いきなり平田のせいにした。しかも、民斎の横をかいくぐって、家のなかに入って来る。もう布団を敷《し》いたのに、そんなことは気にせず、座布団代わりにぺたりと布団の上に座った。

「痴話喧嘩《ちわげんか》でもしましたか？」

「そんなんじゃなくて。会うと気持ちが行っちゃいそうだから、会わないことにしようと思って」

「平田が探してましたよ。ここにも来ました」

「あら、そう」

「おとなしくおれに身をまかすなら、おれも惚れてやるって」

「まあ」

「そういうことを言う男なんですよ、あいつは」

おみずもこの台詞《セリフ》には打ちのめされるかと思ったが、まるで平気の平左《へいざ》で、

「ううん。それは強がり。もう、あたしにべた惚れだもの」

と、言った。

「…………」

お互い、よくよく強気で、傷つきにくい性格らしい。

「あたしもじっくり考えたけど、うちの人が出て来ちゃったからには、とりあえず浮気はまずいよね」

「とりあえず……」

「なんとか諦めさせる手立てはないものかしら。民斎さん、占ってみて」

「自分で考えてください」

民斎は誤解される前にと、必死でおみずを追い返した。

行灯《あんどん》の火を消すと、水晶玉が罅《ひび》が入るみたいに光っているのが見えた。

——明日あたり、地震があるかな。

と、民斎は予感した。

六

次の日——。

寝不足でふらふらしながら、民斎は築地川の名もない小さな橋のたもとにやって来た。明け方まで、例の謎について考えていたのだ。

座るとすぐ、うつらうつら居眠りしてしまったが、

「易者さん……」

女中の声で起こされた。

「おう、早いな」

「屋敷の二階から姿が見えたから」

「なるほど」

見ると、木々の向こうに大名屋敷の二階をちらほらのぞくことができる。

「どう、考えてくれた？」

「ああ。三つ、考えたよ。一つずつ言っていくぜ」

「はい」

「まず、鯉は見た目は同じようでも、じつは育て方というのが、人や家によってずいぶん違ったりする。隣の屋敷の鯉は、薬草を混ぜた餌で育てられているから、鯉が薬になっている。その話を聞いたあんたのあるじが、身体の弱い姫さまあたりに食べさせようと、ひそかに隣の中間《ちゆうげん》と話をつけ、一匹盗ませたというわけ」

「へえ、なるほど」

「あの、鯉は食べたのではないか？」

「それはわからないの。あたしは台所のほうには関わっていないから」

と、女中は首を横に振った。

「もし、食べていたら、この線に違いないのだがな」

「育て方が違うというのはあるわね」

「二つ目を言うぞ」

「はい」

「よく、隣の家はよく見えるとか言うよな」

「隣の芝は青い?」

　大名屋敷の庭は、かなり芝が張られているらしい。そういう空き地をつくることで、火除《ひよ》け地の役目を果たすのだ。

「そうそう。それで、隣の池はそなたの屋敷から眺めると、ほら、西陽が当たることになっていたりするだろう」

　民斎は屋敷の二階のあたりを指差した。

　いまは、お天道さまは東のほうにあるが、これが西に沈むころになると、陽は女中の屋敷の上を斜めに横切って、隣の大名屋敷の庭を茜色《あかねいろ》に染めるだろう。

「あ、ほんとだ」

「あの角度で見ると、池の魚が金色に光って見えたりするのだ。錦鯉で金が混じる鯉は、そりゃあきれいなものだ。だから、金が混じった鯉が欲しくて盗んだ」

「でも、昨日の鯉は……」

「だから、錯覚なのさ。あの鯉を見て、あるじはがっかりしたんじゃないか?」

「さあ。すぐに池に移すように言われたので、喜んだか、がっかりしたかはわからなかったの」

「そうか」

それがわかると、推理もだいぶしやすくなるのだが、どうにもしようがない。

「でも、いろんなこと考えるのね」

女中は感心して言った。

もちろんこれらは簡単に思いついたわけではない。ああでもない、こうでもないと、相当、知恵を絞《しぼ》り出したのである。

「そして三つ目は、こうだ。じつはお女中のお屋敷の鯉はメスしかいない。それでオスが欲しくて隣の鯉を盗んだ。あるいはその逆か」

民斎がそう言うと、女中は、

「あ」

と、口を開けた。

「どうした？」

「それよ」

女中はぽんと手を叩いた。

「まだ占ってみないとわからぬ」

「ううん。わかる。だって、あの屋敷に、人間も男がいないの」

「男がいない？」

「一人もね」

「なんだ、それは？」

民斎は思わず訊いた。

「ないしょよ」

女中はそう言って、周囲を見回し、

「じつはこの屋敷の奥方さまは、お殿さまのあまりのだらしなさ、身勝手さに男が信じられなくなったそうなの。それで、この下屋敷にまだ赤ちゃんだった姫さまを連れて閉じこもってしまったわけ。もちろん信じられない男という生きものは、ぜんぶ屋敷の外に追い払ってね」

「なるほど」

「だから、いま、この屋敷では、門番や護衛も、すべて薙刀《なぎなた》を学んだ女中や下女が担当しています」

「ほう」

「でも、言われてみれば昨日の鯉は確かにオスだった」

「あんたには鯉のオスメスがわかるのか」

と、民斎は身をのりだした。

「わかるわよ。あたしは昔から魚は友だちみたいなものだったから。オスメスの区別は、お尻の穴を見るのがいちばん確実だけど、オスのほうがなんとなく身が締《し》まった感じがして、メスのほうがふっくらしてるのよ」

「へえ」

そこらは人間と同じらしい。さすがに網元の娘だけあって、魚のことにもなかなか詳しい。

「まさか池の鯉までオスを排除していたとはな」

民斎はうなった。

「そういえば、姫さま、池の鯉を見て言ってたっけ」

「なんて」

「ここんとこ、池の鯉が元気ないって」

「それでオスを入れたのか」

「隣は別に親しいわけではないけど、以前にうちのお屋敷にいた女中が、いまはあっちにいるらしいの。ときどき遊びにも来ているから、姫さまがその人と相談したのね」

「そうだとしたら、わざわざ釣りをさせたのは、奥方に見つかっても言い訳できるようにするため。針に餌をつけなかったのは、他の魚が食わないようにするためだ」

「きっとそうよ。やっとわけがわかった」

これで謎は解けたが、

「でも、姫さま、お年頃なのに可哀《かわい》そう」

と、女中は悔《くや》しそうに言った。

「そりゃあ、可哀そうだ」

民斎もそう思う。男と女は傷つけ合ったり、つらいことになったりもするが、それも人生なのだ。どっちかがいないというのは、あまりにも不自然な世界になってしまう。

「易者さん、なんとかして」

「なんとかしてと言われてもな」

「奥方さまがあんなふうになったのも、もとはと言えば易者にそう言われたからなんだって。男がそばにいれば裏切られつづける。男のいないところに行かないと駄目だと」

「ふうん」

その占いは怪しい。

おそらく殿さまあたりが易者を引き込んで、体よく奥方を厄介払いしたのではないか。

「よし、こうしよう！」

民斎、また、考えが浮かんだ。

七

地面が揺れ始めた。

ゆったりした横揺れだが、かなり大きい。

橋のすぐたもとにいた民斎だったが、

「おっとっと」

慌てて、橋から離れた。下手《へた》したら崩《くず》れるかもしれない。

大きな地震が近づいているのは、今日は手提《てさ》げ袋に入れて持ち歩いていた水晶玉が教えてくれた。見ると、もう、輝きは消えている。

ほどなくして揺れは収まった。

向かいのお屋敷から女中を数人引き連れた貫禄《かんろく》のある女性が現われたのは、それから少ししてからだった。

「奥方さま。この易者です。地震を予言したのは」

と言ったのは、さっき打ち合わせしたあの女中である。

「まあ、そなた、いまの地震を予言したそうじゃな」

奥方は目を輝かせて言った。もともと占いが好きなのだろう。よく当たる易者を神の使いのように尊敬したりするのも、この手の女なのだ。

「ええ、それがなにか？」

と、民斎は軽い口調で言った。

「わらわのことも、ちと観てもらえぬかな」

「それは構いませぬが、わしがお屋敷にうかがうのはまずいのではないですか？」

民斎がそう訊《たず》ねると、

「え」

奥方の顔色が変わった。

「なにやら、男やオスを激しく拒絶なさっているように見受けられますぞ」

「まあ」

　そう言って、奥方は隣にいた若い娘を見た。

　こちらは姫さまだろう。ふっくらと肉付きのいいほっぺをして、なかなか愛らしい。

「たしかに、これで男を見たこともないというのは、あまりに可哀そうだろう。

　男と女のことでは面倒が多い。ひどい男もいれば、だらしないおなごもいる。しかし、それは生きものが男女別々に分かれたため、致し方ないのだ。心の奥底では、つながりたい、溶け合いたいと願っているため、ときおり極端な例も出てきてしまう」

「はい」

　奥方は素直にうなずいた。

「しかし、これを分かれさせては駄目だ」

「駄目ですか？」

「むしろ、不自然な暮らしは人を病《やまい》にさせる。元気も失《な》くする。とくに若い人たちはな」

　そう言って、民斎は姫さまを見た。

姫さまの頬がぽっと赤くなった。

「もう、不自然なことはやめたほうがいい。そうしないと、この屋敷には病が満ち、いずれ来る大きな地震で、ぺしゃんこに潰《つぶ》されてしまうだろう」

民斎がそう言うと、奥方は目を真ん丸に瞠き、

「わかりました。もうやめにします。明日から男の出入りを許すことにして、この子の婿《むこ》探しも始めることにしましょう」

奥方がそう言うと、後ろで姫さまが大きくうなずき、さっきの女中が、音を立てないよう、ぱちぱちと拍手するのが見えた。

——占いは世を救う。

民斎もいい気分である。

八

翌朝——。
佃《つくだ》の渡しに近い鉄砲洲《てっぽうず》橋のたもとに座って、潮風に吹かれながらうとうとしていると、

「鬼堂民斎。やっと見つけたぞ」

と、声がかかった。

「はっ」

民斎はその声に慌てて後ろにひっくり返り、笠竹を投げつけようとした。

やっと見つけたなどと言うからには、ろくな事態ではない。

「待て、待て。どうした、民斎？　わしだ」

「え？」

前に立っていたのは、白髪の老人である。

「白斎《はくさい》先生」

「うむ」

なんと、神島易団の総帥《そうすい》、神島白斎だった。

子どものときから霊感には恵まれていたが、山伏となり、南方の神島で修行をして、いまの神島易学を完成させた。

やがて、江戸に来て後進を育て、いまや全国に数千人はいるという神島易団の総帥なのだ。神島易団を名乗る際の許可料みたいなものがあり、その上納金だけでも、莫大《ばくだい》な収入を得ているはずである。

神島易団がなにゆえにここまで巨大な一派になり得たか。

それはひとえに、この神島白斎の人格の魅力によるところが大きいだろう。

一見したところでは、ただの白髪、白髭《しらひげ》のおじいちゃんである。が、その人柄に接するとき、なんとも言えない穏《おだ》やかな人柄に魅了されてしまうのだ。

じっさい、裏表のない高潔な人柄である。

大勢の弟子から入る莫大な上納金も、じつはすべて孤児を育てるための資金に使われている。

神島易団の易者は、町に出て占いをする際、孤児に出会ったなら、かならず白斎先生に連絡し、深川の奥にある孤児院に入れてやることになっていた。

「どうなさいました?」

江戸市中には滅多《めった》に出てこない老先生に、民斎は訊いた。

「うむ。このところ、妙なことがつづいてな。どうしてもそなたに会わなければならぬと思い、捜し回ったのさ」

「そうでしたか」

「なにせ、そなたは座るところが一定していないからな」

「申し訳ありません」

ほとんどの易者は、毎日、決まった場所に座る。毎日、違うところに座るのは民斎くらいのものだろう。

「それで、そなたを捜した理由なのだが、そなた、近ごろ、わしを訪ねて深川に来たりしたか？」

「いえ」

「やっぱり、そなたではなかったか」

「あ、もしかして」

「思い当たることでもあるのか？」

「はい。わたしの贋者《にせもの》が出ているらしいのです」

「贋者がな」

「そやつ、先生のところで、なにかしましたか？」

と、民斎は訊いた。

このあいだの贋者は、野呂井屋に頼まれた本所の岡っ引きたちに追い詰められ、両国橋から身を投げた。あいつらは、溺れたと思い込んだらしいが、やはり生きているのだ。

正体は当然、予想がつく。

波乗一族と、その背後にいる連中だろう。当初は平田一派も疑ったが、平田はいまそれどころではない。

やつらは、民斎が南町奉行所の隠密同心であることはもちろん知っている。民斎の名を騙り、ほかの易者にいちゃもんをつけたり、殺害したりしているのは、民斎を奉行所から浮き上がらせ、身動きできないようにしているのだ。

だが、まさか恩師である神島白斎のところにまで出没するとは思わなかった。いったい、なにをやらかそうとしているのか。不安である。

「わしの書庫があるだろう？」

「はい。先生が渉猟《しょうりょう》なさった膨大な文献ですね」

神島白斎の易は、その読書によっても裏打ちされているのだ。

「そこに十手《じって》を出し、民斎の名を告げて、入ったらしい。わしにお届けするように言われたと」

「なんと。それで、文献を持ち出したのですか？」

「うむ。多くはないが、何冊かは持ち出している。ただ、文献はここにあるだけかと訊いていたので、目的のものは見つからなかったのではないかな」

「そうでしたか」

それでなんとなくわかってきた。

あいつらは、鬼道と、民斎の占いをごっちゃにして、〈鬼道の書〉もそこにあるのではないかと睨《にら》んだのだろう。

だが、鬼道と神島易団とは、なんの関わりもない——と思ったら、

「そなたの鬼道について、知りたいことでもあるのだろうな」

なんと、白斎は鬼道のことを知っているらしいではないか。

「先生は、鬼道についてご存じなので？」

民斎は驚いて訊いた。

「知らいでか。わしも一時期は鬼道についてずいぶん学ぼうとしたし、わしの易学にも鬼道の要素をかなり取り入れている」

「そうだったので」

「そなたのこともわかっている」

「え？」

「鬼道のことを調べれば、壱岐の鬼堂一族やその後の江戸での足取りもだいたいわかってくる。鬼堂民斎の名で、わしは昔からぴんときておった」

「それは驚きました」

「民斎もいろいろ大変みたいだな」

白斎は優しい口調で言った。

「そりゃあ、もう」

「観てやろうか？」

「え？」

「そなたの近い将来を」

「なんと、先生自らが？」

白斎の占いはじつに当たる。膨大な弟子の数は、白斎の人格はもちろんだが、やはり占いの的中ぶりによるところも大きいのだ。

「怖いか？」

白斎は訊いた。

たしかに怖い。このところの身辺を取り巻く状況を見れば、なにが起きるかわからない。

だが、怖いが知りたい。知れば、なにか対応策を講じることもできるだろう。

「お願いします」

民斎は頭を下げ、白斎に自分の席を譲って、自分は客の席に着いた。

「当たるも八卦、当たらぬも八卦。だが、運命はそのあわいに、陽炎《かげろう》のごとく立ち現われるだろう」

民斎は筮竹を一本取り、あとはすべて白斎に委《ゆだ》ねる。

「やや、なんと」

白斎から驚きの声が洩《も》れた。

「ううむ、これは」

白斎は唸《うな》った。

「先生。遠慮なさらず」

民斎は先をうながした。

「うむ。民斎、そなた、とんでもない出世運が出てるぞ」

「は、出世運ですか？」

自分にいちばんない運かと思っていた。

「それも、大出世だ。いやあ、楽しみだのう」

白斎が嬉しそうに呵々大笑《かかたいしょう》した。

〈初出一覧〉

隣のおやじそっくり　小説NON　二〇一四年七月号
そっくりの災い　小説NON　二〇一四年八月号
待ち人来たるか　小説NON　二〇一四年九月号
運命は紙一重　小説NON　二〇一四年十、十一月号
おみずの恋　小説NON　二〇一四年十二、二〇一五年一月号
おんなの釣り　小説NON　二〇一五年二、三月号

一〇〇字書評

切・り・取・り・線

購買動機（新聞、雑誌名を記入するか、あるいは○をつけてください）

□（　　　　　　　　　）の広告を見て	
□（　　　　　　　　　）の書評を見て	
□ 知人のすすめで	□ タイトルに惹かれて
□ カバーが良かったから	□ 内容が面白そうだから
□ 好きな作家だから	□ 好きな分野の本だから

・最近、最も感銘を受けた作品名をお書き下さい

・あなたのお好きな作家名をお書き下さい

・その他、ご要望がありましたらお書き下さい

住所	〒				
氏名		職業		年齢	
Eメール	※携帯には配信できません	新刊情報等のメール配信を 希望する・しない			

この本の感想を、編集部までお寄せいただけたらありがたく存じます。今後の企画の参考にさせていただきます。Eメールでも結構です。

いただいた「一〇〇字書評」は、新聞・雑誌等に紹介させていただくことがあります。その場合はお礼として特製図書カードを差し上げます。

前ページの原稿用紙に書評をお書きの上、切り取り、左記までお送り下さい。宛先の住所は不要です。

なお、ご記入いただいたお名前、ご住所等は、書評紹介の事前了解、謝礼のお届けのためだけに利用し、そのほかの目的のために利用することはありません。

〒一〇一-八七〇一
祥伝社文庫編集長　坂口芳和
電話　〇三（三二六五）二〇八〇

祥伝社ホームページの「ブックレビュー」からも、書き込めます。

http://www.shodensha.co.jp/bookreview/

祥伝社文庫

待《ま》ち人《びと》来《き》たるか　占《うらな》い同心《どうしん》　鬼堂民斎《きどうみんさい》

平成27年 7 月20日　初版第1刷発行

著　者　風野真知雄《かぜのまちお》
発行者　竹内和芳
発行所　祥伝社《しょうでんしゃ》
東京都千代田区神田神保町3-3
〒101-8701
電話　03（3265）2081（販売部）
電話　03（3265）2080（編集部）
電話　03（3265）3622（業務部）
http://www.shodensha.co.jp/

印刷所　堀内印刷
製本所　関川製本
カバーフォーマットデザイン　中原達治

Printed in Japan ©2015, Machio Kazeno ISBN978-4-396-34137-4 C0193